# 俳諧つれづれの記

## 芭蕉・蕪村・一茶

大野順一

論創社

# 序に代えて

つれづれなるままに、
日くらし、硯にむかひて、
心に移りゆくよしなし事を、
そこはかとなく書きつくれば、
あやしうこそものぐるほしけれ。

徒然草・序ノ段

# 俳諧つれづれの記・目次

## 三の記　俗人一茶



表紙、カヴァー・デザイン——大野　嘉巳

# 一の記　旅人芭蕉

# 一　終りなきはじまり――天命としての旅

## 大巓和尚の笠考

大巓《だいてん》和尚は、鎌倉円覚寺の第百六十三世住職である。

いつのころからか、其角《きかく》に師事し、俳号を幻吁《げんく》といった。またその引き替えに、其角は大巓から禅を学んでいたらしいが、大巓の作句や其角の参学の詳細については、不明である。また芭蕉が大巓とどの程度の深い交流があったかも、あまり詳《つまび》らかではないようである。

大巓は、貞享二年正月三日（四日とも）に、伊豆韮山《にらやま》の浄因寺で入滅した。行年五十七歳であったという。芭蕉は『野ざらし紀行』の旅の帰途に、たまたま伊豆蛭《ひる》ケ小島の一僧から、「今年睦月《むつき》の初め遷化《せんげ》し給ふ」という訃報《ふほう》を聞き、江戸の其角の許に哀悼の書簡を送った。

ある人我に告げて、円覚寺大巓和尚、ことし睦月のはじめ、月まだほのぐらきほど、梅の匂ひに和して遷化し給ふよし、こまやかに聞こえ侍る。旅といひ、無常といひ、悲しさいふかぎりなく、折節のたよりにまかせ、まづ一輸《いっかん》、机右《きう》ニ投ズルノミ（とりあえず一筆、お手許にお送りいたします）。

梅恋ひて卯の花拝むなみだかな　　はせを

（白梅のような人柄をしのびながら今は卯の花を拝むことです。季語は卯の花）

四月五日

其角雅生《がせい》

ここに見える「旅といひ、無常といひ、悲しさいふ限りなく」という言葉には、すでに故郷で亡き母の遺髪を前に、「手にとらば消えん涙ぞ熱き秋の霜」と詠んで死というものの厳しい現実を見て取り、次いで荒涼とした薮や畠となってしまった不破《ふわ》の関跡を吹き過ぎる風に、野ざらしを心に旅立った自分が、いまだ死にもせずにここに在るという命の不思議さを感じて、「死にもせぬ旅寝の果よ」という死の透関を体験し得た芭蕉の思いが、限りない悲しさを伴って示されているであろう。やがて終生の旅人を志すことになる孤独な人間のみが抱きうるであろう心のやさしさが、ここにかいま見られるように思われる。

ところで、この書簡が、同じ年の夏に刊行された其角の俳諧紀行『新山家《しんさんが》』に、はやくも掲載されたのであった。芭蕉書簡の公《おおや》けにされた最初のものであるといわれるが、どのような経緯でこのようなことになったのかは、知るべくもない。

『芭蕉全集』巻七書簡篇（角川書店刊）の頭注は、其角が「芭蕉のこの追悼状を時宜《じぎ》を得たものとして自著に採録したのであろう」と推定して、「芭蕉は公表を予期せずにこれをしたため、其角の方は、芭蕉に無断でこれを発表した──そう見るのがやはり正しいであろう」と述べている。もし其角が芭蕉の書簡を無断で採用したとすれば、誠に師に対する礼に失した行為であり、芭蕉も大いに驚いたことであろう。

其角という江戸蕉門最古参の俳人は、案外このような野心的な、また幇間的な遊興気分のある、つまり人の意表をついては注目を集めて悦に入るといった、当世風な、洒落《しやれ》好きの人物であったといってよいのかも知れない。周知の通り、其角は芭蕉から点者宗匠であることを許された唯一の弟子であった。

この大巓和尚は易に通じていた、そこで其角が大巓に師の卜占《ぼくせん》を依頼した、ということが、其角の『芭蕉翁終焉記』に見える。これもおそらくは其角が芭蕉には内密に、其角特有の軽い気持で依頼したのかも知れないなどと臆測もされるが、他方、当事者の芭蕉自身が大巓の卦《け》の内容を聞き知っていたかどうか、これもまた不明である。


　その頃（天和三年〜貞享元年、芭蕉四十歳〜四十一歳頃）、円覚寺大巓和尚と申すが、易にくはしくおはしけるによりて、うかがひ侍るに、ある時、翁が本卦のやうを見んとて、年月時日を古暦に合せて筮考《ぜいこう》せられけるに、「萃《すい》」といふ卦にあたるなり。これは一本《ひともと》の薄《すすき》の風に吹かれ、雨にしほれて（ぐっしょり濡れて）、憂き事の数々しげく成りぬれども、命つれなく、からうじて世にあるさまに譬《たと》へたり。されば（この「萃」という文字を）「あつまる」とよみて、その身は潜《ひそ》かならんとすれども、かなたこなたより事つどひて、心ざしを安んずる事なしとかや。

（其角撰『枯尾花』元禄七年刊）

易にはまったく不案内で、『易経』下（集英社版全釈漢文大系）に「萃」の部を見ても、ただ「萃は亨《とお》る」とあり、「萃の卦は集まるということで、人心が集まり合するときは、事はすべて通ずる」とか、「萃という卦名の意義は、聚《しゅう》、すなわち多くの人や多くの物が集まるということである」とかの通釈はあるが、どうも其角の説明と――とくに「一本の薄の風に吹かれ、雨にしほれて、憂き事の数々しげく成りぬれども」云々というところが、見当たらないのである。

ただ浮雲無常の境界を大望として、拄杖一鉢《しゅじょういっぱつ》の旅に生きた芭蕉の生涯を、其角の『芭蕉翁終焉記』が告げる大巓の易占と重ね合わせてみると、案外言い当てているようにも思われる。

### 松尾家と宗房

芭蕉は伊賀国上野赤坂（現三重県伊賀市上野赤坂町）の農人町《のうにんまち》に生まれたが、父松尾与左衛門は、伊賀国阿拝郡柘植郷《あべごおりつげごう》（現伊賀市柘植町）に居住した中世以来の土豪、柘植七党の一族で、無足人《むそくにん》の待遇を受けていたらしい。

無足人とは、新規移封となった藤堂藩が土着の地侍《じざむらい》（郷士）の懐柔策として敷いた制度で、村里の名ある家の者（上農）で、武士に準じて大小の帯刀を許され、無報酬（無足）ではあるが、他の農民とは違って夫役《ぶやく》の一部が免ぜられるが、ただし居住地を離れることは許されず（離村防止）、その土地に在住して農を本業とし、一旦事ある時は兵力として合戦に参加する義務を負うといった、準武士的な身分の者をいう（藤堂藩正史『宗国史』巻十五「職品」、寛延四年成る）。

芭蕉の父与左衛門は、しかしながら柘植郷を出て、上野赤坂の農人町に住んで一家を構えた。これは藩命に背くことにもなるだろう。しかしながらこれを逆に考えれば、無足人の資格は嫡男に継がれるということであるから、与左衛門は嫡男ではなかったことになる。そこで生活の計を求めて赤坂に出てきた、と考えることは、あながち不自然ではあるまい。

曰人《あつじん》編『芭蕉翁系譜』（文政五年成る）に、「父与左衛門ハ全ク郷士（土着した武士）ナリ。作リ（農作）ヲシテ一生ヲ送ル」とあるが、上野在住の俳人一舟は『桃青伝』（天明四年稿）に、「与左衛門は上野赤坂町にて手跡の指南を家産とす」と書いている。手習の師匠をして収入を得ていたというのである。これを信ずれば、与左衛門は貧しくとも、もの静かで知的な人であった、というイメージが浮かんでくるだろう。

与左衛門が柘植郷を出て赤坂に住むようになったのは、無足人の資格の有無というよりも、むしろ農民百姓という生き方そのものが厭だったからではなかったか。一つには農業に堪えられる体力がなかったということ、つまり伊賀者に似合わず、ひ弱だったのではなかったかということ、そしてもう一つは、同郷の者たちと違って、いっそう知的で内向的で思索的な性格の持主だったのではなかったかということ、そのような理由から上野城東赤坂の農人町に移り住むことになったのではなかったか。そういえば芭蕉の兄半左衛門も、書簡を見るかぎり気が弱くてやさしい人物らしく感じられ、父与左衛門に似ているように思われるのである。

芭蕉は、父や兄とは違って、思いのほか強靱である。松尾家の次男として、特に父亡きあと（明暦二年、芭蕉十三歳）、残された母と妹三人を養わねばならない嫡男としての長兄命清《のりきよ》を前にして、自力で生きなければならぬという現実的な問題が、おのずから幼少の芭蕉を強靱にしたのであろう。そしてそののち終生つづけられる旅が、芭蕉をさらに強固なものに育てていったのであろう。

野ざらしの旅の初めに、富士川のほとりで泣いている捨て子に出逢ったとき、芭蕉はわが身の宿命を捨て子に重ね合わせて、声の無い慟哭を発している。

富士川のほとりを行くに、三《み》つばかりなる捨子《すてご》の、哀れげに泣くあり。この川の早瀬にかけて、うき世の波をしのぐに堪へず。露ばかりの命待つ間《ま》と捨て置きけむ、小萩がもとの秋の風、今宵や散るらん、明日《あす》やしをれんと、袂《たもと》より食いもの投げて通るに、

猿を聞くひと捨子に秋の風いかに

いかにぞや、汝《なんじ》、父に憎まれたるか、母に疎《うと》まれたるか。父は汝を憎むにあらじ、母は汝を

疎《うと》むにあらじ。ただこれ天にして、汝が性《さが》のつたなきを泣け。　（野ざらし紀行）

紀行文のなかで詠んだ句をはさんで、さらにつづきの文が書かれる例は珍しく、芭蕉には他に皆無である。その例を破って、芭蕉はなお捨て子に向って言葉を投げかけている。「ただこれ天にして、汝が性のつたなきを泣け」には、己れの宿命を切り捨て、それを乗り越えようとする芭蕉の孤独な意思が、己れに向って強く示されていると読みとれはしないか。

## 平家苗裔の誇りと自負

芭蕉の強さを支えているもう一つの要素は、自分のなかに武士の血が、なかんずく武士の一分《いちぶん》を貫き通して、いさぎよく生きた弥平兵衛宗清《やへいびょうえむねきよ》の血が流れているという誇りと自負であったと思われる。俳号をしばらく「宗房」と名乗っていたのも、そのあらわれではなかったか、などとも臆測される。

土芳の稿を曰人《あつじん》が筆写したという『芭蕉翁全伝』（川口竹人稿）に、「蕉翁全伝に云《いわ》く、ばせを翁は弥平兵衛宗清の裔孫《えいそん》にして、伊賀国《いがのくに》柘植郷《つげごう》、日置《へき》・山川の一族、松尾氏也」とある。

この伊賀の平内左衛門宗清という人物については、『平治物語』や『平家物語』、あるいは『吾妻鏡』にその人となりが伝えられている。いまは『吾妻鏡』からその一部を訓み下してみる。

この宗清は池禅尼《いけのぜんに》（頼盛母、清盛継母）の侍（侍者）なり。平治に事あるの刻《とき》（平治の乱を指す）、志（温情）を武衛《ぶえい》（頼朝を指す）に懸けたてまつる。よってその事を報謝せんがために、相具して下向したまふべきの由、（頼朝より）仰せ送らるるの間、亜相《あしょう》（頼盛を指す）城外の日（鎌倉下向の日）、この趣き（頼朝の意向）を宗清に示すのところ、宗清云はく、戦場へ向かはしめたまはば、進みて先陣に候《こう》ずべし。しかるにつらつら関東の招引《しょういん》を案ずるに、当初の奉公（昔かけた親切）に酬いられんがためか。平家零落（都落ちして屋島にいる）の今、参向するの条、もっとも恥と存ずるの由を称し、直ぐに屋嶋の前内府《さきのないふ》（宗盛を指す）に参ずと云々。

（吾妻鏡・元暦元年六月一日条、原漢文）

かっての頼朝は、いまは粟津で木曽義仲を追討し、平家を一の谷から屋島に追い詰めて、飛ぶ鳥を落さんとするほどの威勢である。頼盛は一門を裏切って都に留まり、かつて幼い頼朝の助命に多大の尽力をつくした報謝として、いま鎌倉に招かれ下向しようとしているところである。

頼朝は何よりも幼少の時に受けた宗清の温情が、虜囚だった子供心（当時十四歳）に焼き付いて忘れられず、頼盛が鎌倉に下着するや、宗清は参ったかと第一声を発したほどに待ちかねていたのであった。

宗清は病気であると頼盛に伝言を頼み、自分は「平家零落の今、（鎌倉に）参向するのは、もっとも恥と存ずる」といって、屋島の平家一門に合流したというのである。「恥」という文字が眩しく見える。

なお『上柘植福地家系図』は「頻《しき》ニ宗清ヲ召シ、其ノ恩ヲ謝セント欲ストイヘドモ、宗清固辞シテ遂ニ本領伊賀ノ州《くに》柘植ノ庄ニ隠居、出家ストイフ」とし、さらにその後頼朝は「伊賀州阿拝郡《あべごおり》及ビ山田郡ノ内、三十三ケ村」を「養老ノ地」として宗清に賜ったと伝えている。

また壇の浦で新中納言知盛とともに入水した乳母子《めのとご》の伊賀の平内《へいない》左衛門家長は、伊賀服部家の祖であり、宗清と従兄弟《いとこ》同士であったともいわれる（『平氏系図』続群書類従所収）。

芭蕉が武士の死に対して深い関心と同情を寄せている事実は、この証しであろう。芭蕉は平泉を訪れたとき、義経をはじめ、忠節を貫いて討死した武士たちをしのんで、追悼句を詠んでいる。

さても義臣すぐってこの城に籠り、高名一時の叢《くさむら》となる。国破れて山河あり。城《しろ》春にして草青みたりと、笠うち敷きて、時の移るまで涙を落し侍りぬ。

夏草や兵どもが夢の跡

（おくのほそ道）

また義仲から寄進されたという斎藤別当実盛の遺品を所蔵している多太《ただ》神社を訪れて、その死を悼んでもいる。

この実盛という武士は、はじめは源義朝に仕えていたが、のちに平家に属して義仲軍と加賀篠原に戦って討死した、七十三歳になる老武者である。死を覚悟した実盛は、合戦に臨んで髪を黒く染め、故郷に錦を飾るという中国の故事にならって、許されて赤地の錦の直垂《ひたたれ》を着用し、総敗北の平家軍のなかでただひとり残り留まって、ついに討死したのであった。実盛の遺品は、義仲のはからいで、ゆかりのあるこの神社に奉納されたのである。

太田《ただ》の神社に詣ず。実盛が甲《かぶと》・錦の切《きれ》あり。往昔《そのかみ》、源氏に属《ぞく》せし時、義朝公より賜はらせ給ふとかや。げにも平士《ひらさぶらい》（並みの武士）のものにあらず。目庇《まびさし》より吹返《ふきかえ》しまで、菊唐草《きくからくさ》の彫《ほり》ものを金《こがね》をちりばめ、龍頭《りゅうず》に鍬形《くわがた》打ったり。実盛討死の後、木曽義仲願状《がんじょう》に添へて、この社《やしろ》にこめられ侍るよし（寄進なさったという）、樋口の次郎が使《つかい》せし事ども、目《ま》のあたり縁起に見えたり。

むざんやな甲の下のきりぎりす

なかでも粟津の松原で敗死した義仲にはなみなみならぬ同情を寄せて、琵琶湖畔の大津膳所《ぜぜ》にある義仲寺（現大津市馬場）の境内に、義仲の墓とならべて草庵（後の無名庵）を結び、自分の死後は「骸《から》は木曽塚へ送るべし」（路通『芭蕉翁行状記』）の遺言どおりに収められたことは、すでに広く知られている。

いずれにせよ、芭蕉が義仲をはじめ、恥を知りいさぎよく散っていった敗者に、万斛《ばんこく》の涙を注いでいるという事実は、自分のなかに武士の血が流れているのだという誇りや自負と無関係ではないように思われるのである。

## 二　旅が栖か、栖が旅か――奥の細道をゆく

### 旅立ち

一般に「芭蕉」といえば「おくのほそ道」、「おくのほそ道」といえば「旅」ということが、ただちに連想されるであろう。しかし芭蕉にとって「おくのほそ道」とは、そもそも何であったか、もっと端的に、芭蕉にとって「旅」の「旅」とは何であったか、と改めて問うてみる時、その問いに答えることは思いのほか容易ではないようである。

まして、生涯を旅して、「旅に病《やん》で夢は枯野をかけ廻《めぐ》る」の句を、これは「辞世」ではなく「病中吟」であると、あえて言い残し、旅の途中に病歿した芭蕉という人は、いったい生きるべきどのような「覚悟」をいだいていたのであろうか、という問いは、それを答えるに、たしかに難儀である。

紀行の傑作としてひろく知られる『おくのほそ道』の冒頭は、芭蕉の残した作品のなかでとく

に広く知られて有名である。が、ただこの部分には多くの問題点が含まれていながら、あまりにも名調子であるがゆえに、つい酔わされてしまい、案外見過ごされがちな箇所も少なくない。

月日は百代《はくたい》の過客《かかく》にして、行き交《か》ふ年もまた旅人なり。舟の上に生涯を浮かべ、馬の口とらへて老いを迎ふる者（一介の貧しい労働者たち）は、日々旅にして、旅を栖《すみか》とす。（考えてみると）、古人も多く旅に死せるあり。予もいづれの年よりか、片雲《へんうん》の風にさそはれて、漂泊の思ひやまず。海浜《かいひん》にさすらへ、去年《こぞ》（貞享五年、更科紀行帰着後）の秋、江上《こうしょう》の破屋《はおく》（芭蕉庵）に蜘蛛の古巣をはらひて、やや（だんだんと）年も暮れ、春（翌元禄二年）立てる霞の空に、白河の関越えんと、そぞろ神《がみ》（人の心を誘う神、芭蕉の造語）の物につきて心を狂はせ、道祖神（旅人を守護する神）の招きにあひて、取るもの手につかず。股引《ももひき》の破れをつづり、笠の緒《お》付けかへて、三里（膝頭の下の外側の部分）に灸《きゅう》すゆる（足の疲労を取る漢方療法）より、松島の月まづ心にかかりて、住める方《かた》（深川芭蕉庵）は人に譲《ゆず》りて、杉風《さんぷう》が別墅《べっしょ》（別宅）に移るに、

草の戸も住み替《かわ》る世ぞ雛の家

（妻や娘がいる住人に住み替って、わが庵も雛などの飾ってある華やいだ家になったことだ）

（元禄二年三月二十七日、四十六歳）

元禄二年二月十六日付、惣七・宗無宛の書簡（存疑）によれば、「おくのほそ道」の旅のために用

意すべき必需品として、芭蕉は次のような諸品目をしるしている。

道の具

短冊《たんざく》百枚　是れ餓《かつ》ゑたる日、五銭十銭と代《しろ》なす物か

筆箱一　雨用意ござ　鉢の子

拄杖《しゆじよう》　是れ二色《ふたいろ》、乞食《こつじき》の支度

ひの木笠・茶の羽織、例の如し

（注）鉢の子＝托鉢用の鉢

是れ二色＝鉢と杖

これを見れば、「おくのほそ道」の旅が、決してゆとりのある物見遊山的な、裕福でのどかな、名所や歌枕をたずねるというだけの旅ではなかったことが知られよう。また「例の如し」という文言《もんごん》から、芭蕉のいずれの旅もこの通りであったろうと推察されもする。

この「おくのほそ道」の旅は、全日数一五五日、歩行距離約六〇〇里（約二四〇〇キロメートル）、作中発句数五〇句、という規模の長大なものであった。時に芭蕉は四十六歳、すでに初老の域に入っていたといってよかろう。

旅の行程を見ると、

元禄二年三月二十七日　　深川出船、千住着。

元禄二年八月二十一日　　岐阜大垣着。九月六日まで滞在。
元禄二年九月六日　　大垣出立。揖斐《いび》川を舟下りし、伊勢長島着。

ここで「おくのほそ道」と呼ばれる旅は一応終るのであるが、必ずしも芭蕉の「旅」は終ってはいないのである。芭蕉はこの後、元禄四年九月までの約二十五ヶ月間を、郷里の伊賀上野、湖南の大津・膳所《ぜぜ》、さらには京洛を、十数回にわたって転々と移住している。芭蕉の旅に目的地（終着点）はないということである。

元禄四年正月十九日付の正秀宛書簡に見える、「とかく拙者、浮雲無住の境界大望《きょうがいたいもう》ゆゑ、かくの如く漂泊致し候」云々は、芭蕉の当時の心境告白と見なしてよい。「浮雲無住の境界」を「大望」であるという芭蕉の、「旅」というものに対する覚悟のほどが、どれほどのものであったか知られるであろう。

それは決して頭のなかの抽象的な観念論ではなかったのである。そしてこうした覚悟は、すでに『おくのほそ道』にも、「羇旅辺土《きりよへんど》の行脚《あんぎや》、捨身無常の観念（覚悟）、道路に死なん、これ天の命《めい》なり」という言葉に見ることができるだろう。

## 旅と栖と

深川の芭蕉庵は、「おくのほそ道」の旅の旅費とするために、すでに人に譲ってしまっていた。

もはや芭蕉に住むべき「家」はない。旅から旅へ、その「途中」が、その「途中」だけが、芭蕉の住むべき空間、すなわち「栖《すみか》」(住処)なのである。

年暮れぬ笠着て草鞋はきながら

(野ざらし紀行、貞享元年十二月二十五日、四十二歳)

芭蕉の旅は、この句に象徴されるように、まさしく「ながら」の旅であった。その「ながら」を別に言い換えれば、「生きる」ということ、すなわち「人生」であろう。

人生こそ旅、旅こそ人生という覚悟は、貞享につづく元禄期、比喩的にも文化や経済などの繁栄する天下泰平の世がそう呼ばれる「元禄の時代」に生きた芭蕉の、近世的なものから中世的なものへという、いわば反時代的な志向を明示するものであった。

「日々旅にして、旅を栖とす」る者とは、ただその日暮らしの貧しい「舟の上に生涯を浮かべ、馬の口とらへて老いを迎ふる者」だけではない。たとえば旅の途中で死んだ歌人西行や、連歌師の心敬、宗祇のような、風雅を求めた「古人」もそうであった。そして芭蕉自身もまた、いつのころからか、それらの人と同じように、旅を住処とする「旅人」として生きるようになったというのである。

──漂泊。

顧みれば、「おくのほそ道」への「旅」は、自分の願望や意思によるものではなく、「そぞろ神」

が取り付いてわたくしの「心を狂はせ」、また「道祖神の招き」によって、「取る物」も「手につかない」ものだった、と芭蕉は回想している。

芭蕉が旅に出ようと思ったのは、自分の主体的な意思や願望によるものではなく、自分の内奥《ないおう》に住んでいる「そぞろ神」といった、ある神霊的な存在、飛躍していえば古代ギリシャの思想家ソクラテスが聞いたというダイモン（神霊、デーモン）の声（ダイモニオン）を、芭蕉も聞いたということであろう。「そぞろ神」といい「道祖神」といい、それは自己の内奥に住む詩神であり、その詩神の声が芭蕉を旅へ、旅へと誘ったのである。

芭蕉はすでに、「おくのほそ道」以前にも、その声を聞いていた。貞享四年（四十四歳）十月二十五日に江戸を出立した第二の旅の記『笈《おい》の小文《こぶみ》』の冒頭に、こう見える。

百骸九竅《ひやくがいきゆうきよう》（自分）の中に物あり。仮に名づけて風羅坊《ふうらぼう》といふ。（略）かれ（その風羅坊は）狂句（俳諧）を好むこと久し。終《つい》に（俳諧を）生涯のはかりごと（活計）となす。ある時は（俳諧に）倦《う》んで放擲《ほうてき》せんことを思ひ、ある時は（俳諧に励んで）進んで人に勝たんことを誇り、是非胸中に戦うて、これ（風羅坊）が為に身心やすからず。しばらく身を立てむ事（立身出世）を願へども、これ（風羅坊）がために遮《さ》へられ（さまたげられ）、しばらく（仏道を）学んで愚を覚《さと》らんことを思へども、これ（風羅坊）がために破られ、つゐに無能無芸にしてただこの一筋（俳諧）につながる。

（笈の小文）

自分が「ただこの一筋につながる」のは、自分の内奥にいる「風羅坊」の計らいなのだ、と芭蕉は知ったのである。そして覚悟する。

西行の和歌における、宗祇の連歌における、雪舟の絵における、利休が茶における、その貫道するものは一《いつ》なり。

（笈の小文）

芭蕉の自己洞察は、ここに来ていっそう深まったといえよう。一つには、中世的なものへの追究である。西行も宗祇も雪舟も利休も、中世的な詩人であり芸術家である。その詩精神が、自分にも貫き流れていることを、芭蕉は自覚したのである。そしてその具体的なあらわれが、「造化にしたがい造化に帰る」という生き方であった。すなわち一所不住という「旅」である。

見るところ花にあらずといふ事なし。思ふところ月にあらずといふ事なし。像《かたち》、花にあらざる時は夷狄《いてき》にひとし。心、花にあらざる時は鳥獣に類す。夷狄を出で、鳥獣を離れて、造化にしたがひ、造化に帰れとなり。

（笈の小文）

造化にしたがうこと、造化に帰ることとは、自我意識を捨てて自然と一つになるということである。自己を捨て自然と一つになることによって、かえって自己は本来の自己に出合い、自己本来の面目を獲得して、いわば自然自己一元の生そのものとなるのである。

## 野ざらしの覚悟

延宝八年の冬から四年のあいだ住み馴れた深川の芭蕉庵を侘び捨てて、最初の旅の記でありました生涯の旅の第一歩でもある『野ざらし紀行』（貞享元年、四十一歳）の冒頭が寒々としているのは、必ずしも季節だけのものではなかった。新しい俳諧を求めるという自覚と覚悟はあったろうが、それとともに未知の世界へ踏み込んでゆくことの不安もまた、複雑に交錯していたであろう。

いま、秋の風は、ただ冷たく芭蕉の「心」に沁みている。紀行の書き出しに、大袈裟であるなどという批評のなされるなかに、いささかの気負いが感ぜられのも、そのせいであろう、

千里に旅立ちて、路糧《みちかて》を包まず（中国の荘子は千里の旅には何ヶ月もかけて食糧を集めなければならないといったが、今は泰平の御代、自分は道中の食糧など用意はしない）。三更月下無何《さんこうげつかむか》に入《い》るといひけむ昔の人の杖にすがりて（昔、荘子が無何有ノ郷《むかうさと》と呼んだ何の作意もない理想の世界に、いま、深夜の月明りのさなかに入ってゆく、とうたった宋代の人、広聞《こうもん》和尚の偈頌《げじゅ》を杖とも頼んで）、貞享甲子《きのえね》秋八月、江上《こうしょう》の破屋をいづる程、風の声、そぞろ寒気《さむげ》なり。

野ざらしを心に風のしむ身かな

秋十年《ととせ》かへって江戸を指す故郷　（野ざらし紀行）

野ざらし（行き倒れ）を覚悟し、今は故郷ともなった江戸を離れて、寒々とした心で風のなかを東海道を西へとのぼって行く芭蕉は、やがて「人住まぬ不破《ふわ》の関屋の板びさし荒れにし後はただ秋の風」（摂政太政大臣藤原良経、新古今集巻十七）という歌で知られた、不破の関跡を吹き過ぎる秋風のなかにたたずむ。そして一句。

秋風や藪も畠も不破の関　（野ざらし紀行）

芭蕉は、いまは藪や畠になってしまったこの不破の関（現岐阜県不破郡関ヶ原町、歌枕）にたたずんで、昔からそうであったように吹き過ぎる悠久の秋の風に身を包まれながら、ふと己れの命がいま、ここにあるということを実感する。

武蔵野を出づる時、野ざらしを心に思ひて旅立ちければ、
死にもせぬ旅寝の果よ秋の暮　（野ざらし紀行）

野ざらしを覚悟して旅立った芭蕉は、不破の関を吹き過ぎる秋の風のなかで、死にもせずに、

いま・ここにこうして生きているという自分を実感した時、「造化にしたがひ、造化に帰れ」という、そうした自己のあり方、生き方を是認して、己れの存在を、みずから「旅人」と規定したのであった。その覚悟は、次に出かける大きな旅の始めに洩らした次の一句で明確に知られるであろう。

神無月《かんなづき》のはじめ、空《そら》定めなきけしき（気配）、身は風葉《ふうよう》の行く末なき心地して、

旅人とわが名呼ばれん初しぐれ　（笈の小文）

芭蕉は出家僧ではない。禅僧のように大悟したわけではなかった。悲愴感をいだきながら、「ただこの一筋」の道を、心を狂わせる「そぞろ神」（芭蕉の造語）や「道祖神」（ともに旅人の守護神の意）の「招き」に任せて、芭蕉はただひたすら「旅」をつづけるのである。そしてその道は、まさしく「俳諧のおくのほそ道」に通ずる道であった。

### 歌枕と芭蕉

芭蕉は「おくのほそ道」への旅立ちに際して、「春立てる霞の空に、白川の関越えん」といい、また「松島の月まづ心にかかりて」とも記している。

そして、「心もとなき日数《ひかず》重なるままに、白川の関にかかりて旅心《たびごころ》定まりぬ」と、いよいよ陸奥《みちのく》の地に入ってゆくのだという不安が、かえってある安らぎをもって鎮まったということを告白し

ている。

　この「白川の関」も、また「松島」も、ともに歌論書に「歌枕」と呼ばれている言葉である。歌枕とは、古歌に詠まれた土地の名、名所、さらにはそれによって連想される固定的で類型的な美をあらわすものとして、作歌のうえで重要視される語である。たとえば、吉野といえば花、龍田川といえばもみじである。

　ただし芭蕉は陸奥への旅の目的を、「歌枕を見んとて」とはいっていない。ただ「白川の関越えん」といい、「松島の月まづ心にかかりて」と書いているだけである。これは充分注意されてよい。

　おそらく芭蕉は、昔から喧伝されている「歌枕としての白川の関」や「歌枕としての松島」ではなく、それを越えれば遠い陸奥へ入るという現実の「白川の関」や、名勝として名の高い「松島の月」を、自分の目で確かめたかったのではあるまいか。歌枕に限らず、はじめて出会う道中の風物を、しかと見たかったのではあるまいか。

　芭蕉にとって「歌枕」は、まさしく「現実」なのである。

　たとえば、飯塚の里（現福島市飯坂町）鯖江《さばえ》に、秀衡に命ぜられて義経に従った佐藤嗣信・忠信兄弟の妻二人の墓を、その菩提寺吉祥院に尋ねた芭蕉は、「二人の嫁がしるし（墓石）まづ哀れなり。女なれども甲斐甲斐しき名（けなげだという評判）の世に聞こえつるものかなと袂《たもと》を濡らし」ている。この寺には義経ゆかりの太刀や弁慶の笈が宝物としてあったというが、かならずしも名所旧跡でもないし、まして歌枕でもない。

また多賀城跡（現宮城県多賀城市市川）に「壺《つぼ》の碑《いしぶみ》」と呼ばれる石碑がある。そこを訪れた芭蕉は、「今眼前《がんぜん》に古人の心を閲《けみ》す」いって、次のような感懐を洩らしている。

昔より詠みおける歌枕、多く語り伝ふといへども、（それらの歌枕を尋ねてみると）、山崩れ川流れて道あらたまり、石は埋《うず》もれて土にかくれ、木は老いて若木にかはれば（生え変わっているので）、時移り代《よ》変じて、その跡たしかならぬ事のみを（歌枕の跡は確かでないものばかりであるのに）、ここに至りて（この碑だけは）疑いなき千歳《せんざい》の記念《かたみ》、今眼前に古人の心を閲《けみ》す（見る思いがする）。行脚の一徳、存命の悦び、羇旅《きりよ》の労を忘れて、涙も落つるばかりなり。

たいへんな感激ぶりである。

ところが、西行柳として西行伝説で知られた「清水流るるの柳」を尋ねて芦野の里（現栃木県那須郡那須町）に立ち寄ったとき、芭蕉は「田一枚植ゑて立ち去る柳かな」の一句を詠んだだけであった。なぜか。そのときの心境をいまは知るべくもない。充分に満足したのであろうか、それとも名残惜しく立ち去ったのであろうか。

また平安時代のなかごろ、大納言藤原行成と口論して、一条天皇に「歌枕見て参れ」と陸奥《みちのく》に左遷され、そこで客死した藤原実方朝臣《あそん》の墓を探し当てた西行の、いまはただ枯れ野のすすきだけが残っていて、土地の人にもそれが誰の墓とも何とも知られることのなくなっている事を歎いた「朽ちもせぬその名ばかりをとどめおきて枯れ野の薄かたみにぞみる」という歌が、『新古今集』巻八に伝えられているが、西行を敬慕する芭蕉はその塚の在所を聞き知ったものの、あいにくの五月雨つづきに道がぬかるみ、そのうえ体も疲れていたので、「よそながら眺めやりて」、それともすでに関心がなかったからか、そのまま行き過ぎてしまったのであった。

芭蕉の旅は、ただ単純に歌枕にひかれたというだけのものではなかった。芭蕉にとって、関心の対象は「名」ではなく「物」なのである。名所旧跡という「観念」ではなく、いま眼前にある「現実」なのである。

ここにいう「現実」とは風景だけではない。人間もまた「現実」である。その現実がもたらす感動の窮極が、芭蕉の句を生み出すのである。

## 松島と平泉

松島についての芭蕉の記事は、古くから名文として高く評価されているようであるが、思いのほか短い。何やら素通りしている感じもするほどである。松島の絶景に圧倒されて言葉を失ったのであろうか。中国の知られた名勝を引きながら美辞麗句をちりばめ、何となく気負い過ぎているような恨みを感ずる。今その文章の前半だけを引く。

そもそも、こと古《ふ》りにたれど（言いふるされているようであるけれど）、松島は扶桑《ふそう》（わが国）第一の好風にして、およそ洞庭《どうてい》、西湖《せいこ》を恥ぢず（に負けない）。東南より海を入れて、江《え》のうち三里（湾内は三里四方）、浙江《せっこう》の潮《うしお》を湛《たた》ふ。嶋々の数を尽して、欹《そばだ》つものは天を指さし、伏すものは波に匍匐《はらば》ふ。あるは（ある島は）二重《ふたえ》にかさなり、三重《みえ》に畳みて、左にわかれ、右につらなる。負《お》へるあり、抱《いだ》けるあり、児孫《じそん》愛すがごとし。松の緑こまやかに、枝葉《しよう》汐風《しおかぜ》に吹きたわめて、屈曲おのづから矯《た》めたるがごとし。その気色《けしき》窅然《ようぜん》として（うっとりと見とれるような美しさで）、美人の顔《かんばせ》を粧《よそお》ふ（化粧した美人の趣がある）。千早振《ちはやぶ》る神の昔、大山祇《おおやまつみ》（山の神、木花の佐久夜毘売の父神）のなせるわざにや。造化の天工《てんこう》（自然のはたらきの見事さ）、いづれの人か筆をふるひ、詞《ことば》を尽さむ（いかなる人の筆も詞もそれを表現できない）。

これでもかと厚化粧した美女の、嫣然《えんぜん》とした面影が思い浮かぶような文章である。

こうして松島海岸の島々を見めぐりした芭蕉は、つづいて二階づくりの宿を借り、障子をひらいて海上に昇った月（この日は陰暦五月九日で上弦の九日月であった）の、昼とはまたおもむきの異なった風光に接して、「風雲（大自然）のなかに旅寝する」ような、いいようのない、不思議な感動を覚え、「予は口を閉じて眠らんとして寝られず」というほどであったという。ところが、松島では芭蕉は一句も吟ずることはなかった。

伊賀出身の若い忠実な門弟土芳の『三冊子』には、芭蕉の言葉として、「絶景にむかふときは、（心が）奪はれて叶はず」と見える。そしてそれにつづけて、「物を見て取るところを心に留めて消さず、書写して静かに句すべし」とも伝えている。
これは矛盾しないか。感動を心に留めてのち、しづかに句作せよ、ということであろうか。どうもわからない。土芳は「松島にて句なし。大切の事なり」とのべているだけである。ただこの土芳の編集した『蕉翁文集』には、「島々や千々にくだけて夏の海」の句が見えるが、凡庸である。芭蕉も不満足で捨てたのか。それとも滞在一日だったゆえに句作の暇がなかったか。訊ねても芭蕉は答えないであろう。

それに対するに、芭蕉が平泉で得た感動は、松島でのそれとはまったく異質であった。芭蕉は平泉に「歴史」、あるいは「時間」を見た。さらにいえば、過去を現在化して見た。昔を昔としてではなく、今のなかにまざまざと見た。芭蕉の、他の文人たちと異なるところは、この「歴史を見る目」の有無にあるといってよい。

松島から平泉へと志したものの、芭蕉は道をふみちがえて石巻の港に出てしまう。一夜をとある小家に明かして、芭蕉は翌くる日も知らぬ道を迷いゆくこと約二十余里ほど。ようやく平泉に着いた。

三代の栄耀《えいよう》（清衡、基衡、秀衡三代の栄華）、一睡《いっすい》のうちに（消え去り）、大門《だいもん》（平泉館の南門）は（その館から）一里此方《こなた》にあり。秀衡が跡は田野《でんや》になりて、金鶏山《きんけいざん》のみ形を残す。まず高館《たかだち》（義経居館の丘、ここで討死する）にのぼれば、北上川南部（南部氏の旧領）より流るる大河なり。衣川は和泉《いずみ》が城《じょう》（三郎忠衡の居館）をめぐりて、高館の下《もと》にて大河（北上川）に落ち入る。泰衡（秀衡次男、義経らを討つ）らが旧跡は、衣が関（古関の名）を隔てて、南部口（南部領からの出入口）をさし固め、夷《えぞ》をふせぐと見えたり。さても（それにしても）義臣（弁慶らの家臣たち）すぐってこの城（高館を指す）にこもり、功名一時の草むらとなる。国破れて山河あり、城春にして草青みたりと、笠うち敷きて、時のうつるまで泪《なみだ》を落し侍りぬ。

夏草や兵《つわもの》どもが夢の跡

中尊寺では、かねてから聞いて驚歎していた経堂と光堂（金色堂）が開帳していた。（ただし『曽良旅日記』には「経堂ハ別当留守ニテ不開《ひらかず》」とある。）

経堂には清衡、基衡、秀衡の木像が納められ、光堂にはその三人の遺体を収めた棺と、阿弥陀、勢至、観音の三尊が安置されてあった。光堂は正応元年に鎌倉将軍惟康王の命で、すっぽりと覆うように造られた鞘堂《さやどう》で囲まれていた。そうしてここでも芭蕉は、移りゆくものの歴史的運命を感ずるのである。

かねて耳驚かしたる二堂開帳す。経堂は三将の像を残し、光堂は三代の棺《ひつぎ》を納め、三尊の仏を安置《あんじ》す。七宝《しつぽう》散り失せて珠《たま》の扉破れ、金《こがね》の柱霜雪《そうせつ》に朽ちてすでに頽廃空虚《たいはいくうきょ》の叢《くさむら》となるべきを（なってしまうはずのところを）、四面新たに囲みて、甍《いらか》を覆《おお》ひて風雨を凌《しの》ぐ。暫時千載《しばらくせんざい》の記念《かたみ》とはなれり。

五月雨の降り残してや光堂

ここにいわれる「暫時」には、「かりに」という意味が含まれているだろう。そしてそれは、次の「千載」と対立しているだろう。さらにいえば、「千載」も「暫時」の一相に過ぎないという歴史認識も、ここには見られるであろう。

悠久の大河のように流れてゆく時間のなかで、残ったとしてもせいぜい千年くらいであろうという、いわば時間と永遠という対比が、決して悲観的にでも消極的にでもなく、厳然とした歴史的真実としてこの世には存在しているのだ、という、芭蕉の自覚とその無常性の確認が、ここに述べられているのである。「五月雨の降り残してや光堂」の句には、日々旅にして旅を栖としている芭蕉のそのような思いが、ずっしりと重たく籠められているだろう。

旅の途上、日光の東照宮に詣でて東照権現(家康)、ひいては徳川家のご威光を、「今この御光《みひかり》一天にかかやきて、恩沢八荒《おんたくはつこう》に(国の隅々にまで)あふれ、四民安堵の栖穏《すみかおだ》やかなり」と讃えて、「あらたうと青葉若葉の日の光」と吟じた芭蕉だったが、今平泉で受けた感動は、そうした現世的、政治的な賞讃とは異なる、いわば時間的、歴史的なものであったのである。

## 山刀伐《なたぎり》峠から尾花沢へ

平泉の古蹟を尋ねた芭蕉は、ふたたび一ノ関に戻り、明くる五月十四日には道を西南にとって、岩手《いわで》の里で一泊。小黒崎《おぐろざき》、美豆《みず》の小島《おじま》を経て、鳴子《なるご》から尿前《しとまえ》の関を通り抜け、出羽の国に入ろうというのである。

> 南部《なんぶ》道《みち》遥かに見やりて、岩手《いわで》の里に泊る。小黒崎《おぐろざき》、みづの小嶋《おじま》を過ぎて、鳴子の湯より尿前の関にかかりて、出羽の国に越えんとす。この路《みち》旅人稀《まれ》なる所なれば、関守に怪しめられて、漸々《ようよう》として（長々しい訊問の末にようやく）関を越す。
>
> 大山《おおやま》（高い山、ここはいわゆる中山越え）をのぼって、日すでに暮ければ、封人《ほうじん》（国境を守る番人）の家を見かけて舎《やどり》を求む。三日風雨荒れて、由《よし》なき（つまらない）山中に逗留《とうりゅう》す。
>
> 蚤虱《のみしらみ》馬の尿《しと》する枕もと　（片田舎の寝苦しい旅寝のさま）

一ノ関を立つとき、芭蕉は、実は陸奥外《みちのくそと》ノ浜（卒都ノ浜とも書く、青森湾西部の津軽付近）あたりまで行きたいと思っていたらしい。たしかに「南部《なんぶ》道遥《みちはる》かに見やりて」という芭蕉の動作には、いささか唐突の感がある。外ノ浜への名残惜しさが、芭蕉をして思わず北の方に振り向かせたのかも知れない。

「幻住庵ノ賦《ふ》」（元禄三年秋成る）には、「善知鳥《うとう》鳴く外《そと》の浜辺より蝦夷《えぞ》が千島《ちしま》を見やらんまでと、しきりに思ひ立ち侍るを、同行《どうぎょう》曽良なにがしといふもの、多病いぶかし（私の持病が心配である）など袖をひかふるに心たゆみて（つい気が弱くなって）、象潟《きさかた》といふ所より越路《こしじ》の方《かた》におもむく」と見える。

この善知鳥は、北海道や本州北部の離れ島に群生するウミスズメ科の海鳥で、鳩くらいの大きさで背面は黒褐色である。外ノ浜の猟師が、雛鳥を囮《おとり》にして母鳥を捕らえ殺した罪で地獄に堕ち、いまも化鳥となった母鳥の責め苦にあっているという、永劫に救済のない殺生の罪業の悲惨な苦しみを描いた世阿弥の謡曲「善知鳥」などが、おそらく芭蕉の心を外ケ浜へと誘ったのであろう。

もし芭蕉が陸奥《むつ》（青森・岩手二県）の西部から羽後《うご》（秋田県と山形県の一部）、羽前《うぜん》（ほぼ山形県の全部）を経て、日本海側を南下したとしたら、『おくのほそ道』はまた違った趣きの紀行となっていたろう。その代わり「閑さや」の句も「五月雨を」の句も生れはしなかったと思うと、「偶然」の持つ人為を越えた創造力《クリエイティヴ・エナジー》は、無邪気のようで、また侮れないもののように思われてくる。

いずれにせよ芭蕉は、陸羽街道を南にとり、岩崎、岩出山、鳴子、尿前ノ関を経て、新庄領の笹森（あるいは境田とも）から尾花沢に出ることになったのであるが、この道筋は旅人がめったに通らないので、尿前の関ではそこの関守に「怪しめられ」、執拗に訊問されて、ようやく関を越えることができたという。

それにしてもなぜ芭蕉は「怪しめられ」たのか。またなぜこのような通行する人の少ない道筋をわざわざ選んだのか。二つともに確かにはっきりとした理由は示されてはいない。そこに、たとえば盗賊や前科者などではないかと疑われたという説とか、さらには推理小説まがいの芭蕉隠密説や間諜説などが、まことしやかに出てくる所以もあるのだろうが、ただ関守に「怪しめられ」

たことだけはどうやら確かのようであり、それはおそらく辺鄙な関所の不馴れな番人との、通行手形などについてのやりとりがもつれた結果だったのであろうかと推察される。

しかしながら、こうしたエピソードは、やがて微笑ましい場面となって展開されて、『おくのほそ道』のなかで唯一のといえるほどの、質朴で鄙《ひな》びた、しかもユーモアさえ感じさせるくだりを示すことになる。恐ろしくさえ見えた道案内の若者の意外な、いかにも東北人らしい無骨な優しさが、ほのぼのとした好感を覚えさせるのである。

あるじ（宿を貸してくれた関守）の云ふ。これより出羽の国に、大山《おおやま》（山刀伐《なたぎり》峠を指すか、標高四七〇メートル）を隔て、道さだかならざれば、道しるべの人を頼みて越ゆべき由《よし》を申す。さらばと云ひて人を頼み侍れば、究竟《くつきよう》の若者、反脇差《そりわきざし》を横たへ、樫の杖を携へて、我々が先に（私たちの先に）立ちて行く。今日こそ必ず危《あやう》き目にもあうべき日なれと、辛《から》き思ひをなして（びくびくした思いで）後《うしろ》について行く。

あるじの云ふに違《たが》はず、高山森々《こうざんしんしん》として、一鳥《いつちよう》の声聞かず、木《こ》の下闇《したやみ》茂り合ひて、夜《よる》行くがごとし。雲端《うんたん》に土降る心地して（雲の端から土砂混じりの風を吹き付けられるるような暗い思いで）、篠《しの》の中《なか》踏み分け踏み分け、水を渡り岩につまづいて、肌に冷たき汗を流して、最上の庄（現山形県北村山郡一帯）に出づ。

かの案内せし男の云ふやう、この道必ず不用《ぶよう》の事（追い剥ぎや強盗など物騒なこと）あり。恙《つつが》なう送り参らせて仕合せしたり（無事にお送り申せて幸いでした）と喜びて別れぬ。後に聞きてさへ胸とどろくのみなり。

この無口で筋骨のたくましい道案内の山男も、もしかしたらいつ強盗に豹変して危害を及ぼすかも知れない、などという恐怖を、おそらく心の隅に抱きながら、芭蕉は、鳥の声も聞えない深山の木下闇のなかを、篠を踏み分け水を渡り岩につまづき冷たい汗をしたたらせて、一言も口を利くことさえなく、恐る恐る登ってゆく。やっとの思いで最上の庄にでたときには、地獄の闇から極楽の光明のさなかに出たような思いであったろう。しかも恐ろしくもあったこの若者が、案に相違して朴訥な口調で「恙なう送り参らせて仕合せしたり」とわがことのように喜んで帰っていったという結びは、見事な逆転を見せて、ほのぼのと心暖まる。「仕合せしたり」という質素な言葉もいい。

芭蕉はこうしてようやく最上《もがみ》の庄に着いた。尾花沢の鈴木道裕（俳号清風）を訪れる。道祐は当地で紅花問屋を営み、金融業をも兼ねるという豪商であり、俳人（談林系）でもあることから、芭蕉とはすでに江戸で貞享二年以来の交友があった。芭蕉より七歳年少と伝える。

さまざまなもてなしに、芭蕉は、

涼しさをわが宿《やど》にしてねまるなり　（ねまる＝くつろぐという土地の方言）

と、久しぶりにくつろぐことができた。

その折、立石寺《りゅうしゃくじ》（山寺とも）を一見するように勧められ、芭蕉は予定を変更して七里ばかり南下した。この偶然が一代の名句「閑さや岩にしみ入る蝉の声」の吟を生むことになる。その折の経緯《いきさつ》は『おくのほそ道』に詳しいが、いまは略す。

## 最上川下り

山寺から大石田（現山形県北村山郡大石田町）に出て、芭蕉は日和を待った。『ほそ道』に「最上川乗らんと、大石田といふところに日和を待つ」とあって、あたかもここから最上川下りをしたかのように誤解されているようでもあるが、芭蕉は大石田で舟に乗ったわけではない。

曽良の『旅日記』によれば、芭蕉は五月二十八日に馬を借りて山寺を立ち、天童から六田《ろくだ》を経て、未《ひつじ》の中の刻（午後三時頃）に大石田の高野平右衛門（大石田の川役人で船問屋の主人、俳号一栄）宅に着き、宿した。「ソノ夜、労ニ依リテ、無俳。休ス」とある。

翌二十九日、四吟歌仙を興行し、一巡して止む。その発句と脇。

大石田、高野平右衛門亭ニテ
五月雨をあつめて涼し最上川　　翁

岸にほたるをつなぐ舟杭《ふなぐい》　一栄

（曽良『俳諧書留』）

発句は亭主（俳席の主人役）一栄に対する芭蕉の挨拶句で、脇は芭蕉をここに留め得た一栄の歓びの表明であることはいうまでもない。

ところでこの芭蕉の発句は、「五月雨」と「涼し」が同季（夏）であり、また「涼し」がいささかくどすぎる。この句は、のちに、

五月雨をあつめて早し最上川

（おくのほそ道）

と改案され、『おくのほそ道』に「最上川はみちのくより出でて（実は源流は福島県境の吾妻山）、山形を水上とす。碁点《ごてん》・はやぶさなどいふ恐ろしき難所《なんじょ》あり。板敷山《いたじきやま》の北を流れて、果ては酒田の海に入る。（略）白糸の滝は青葉の隙々《ひまひま》に落ちて、仙人堂、岸に臨みて立つ。水みなぎって舟あやふし」という本文につづけて再録されることになる。

この「早し」の方が、最上川という自然の姿を「涼し」よりも一層動的に、かつ的確に捉えているという点で、はるかに優れているということは、歴然であろう。「涼し」は、主客の二分対立した「認識」である。それに対し「早し」は、主客が同格一如となった「交感」である。「照応」である。直前の「水みなぎって舟あやふし」という唐突な一文が、さらに「早し」という現実を強調し、こ

の句の持つリアリティをつよく増幅させている。

ちなみにいえば、さきの四吟歌仙は、苦吟の果てに、三十日にようやく満尾した。芭蕉はこの時のことを『ほそ道』に、

　ここに古き俳諧の種こぼれて、（略）道しるべする人しなければと、わりなき一巻を残しぬ。

　このたびの風流ここにいたれり。


と、むしろ喜ばしげに述べている。『ほそ道』の旅のもう一つの目的が、実は新しい蕉風俳諧の開拓と指導にあったということが、ここに知られるのである。

ところで、大石田からの芭蕉の足どりを、随行した曽良の『旅日記』を参考にしながら辿ってみると、翌くる六月朔日の辰の刻（午前八時頃）に、芭蕉は大石田を出立し、一栄の借りた馬二疋で名木沢《なぎさわ》（現尾花沢市名木沢）から舟形《ふながた》（現最上郡舟形町）まで行き、次いで新庄（現新庄市内）の商賈《しょうか》、渋谷甚兵衛（俳号風流）宅を訪ねて、そこに宿す。二日は風流の本家、新庄第一の富豪で士分格の渋谷九郎兵衛（俳号盛信）宅に招かれ七吟歌仙一巻《ひとまき》を興行し、翌三日に新庄を発って、本合海《もとあいかい》（現新庄市本合海）に出る。

そこにはすでに新庄の渋谷甚兵衛や大石田の高野平右衛門からの添え状（紹介状）も届けられて

あり、船宿の主人、次郎兵衛の才覚によって、最上川を本合海から古口《ふるぐち》（現最上郡戸沢村古口）まで舟で下ることになったのである。

古口には、ここにも渋谷甚兵衛からの添え状が届いていた。芭蕉はここで舟を乗り継いで、仙人堂、白糸の滝などを対岸に見ながら、最上川を下った。「五月雨を」の句が「涼し」から「早し」と改案されたのは、このときの体験によるものであったろうと推察される。

清川（現東田川郡庄内町清川）で下船し（下船の許可なく、その先きの狩川まで舟行したとの説もある）、今度は徒歩で狩川（雁川とも、現東田川郡庄内町狩川）を経て、道を南にとること三里半（約十三、四キロメートル）、申《さる》の剋（午後四時頃）に、ようやく手向荒町《とうげあらまち》（現鶴岡市羽黒町手向）の羽黒山門前に染物業を営む近藤左吉（図司左吉とも、俳号呂丸また露丸）宅に着く。

呂丸のすばやい尽力に加えて、ここにも大石田の船問屋、高野平右衛門（一栄）から別当代（一山を支配する別当職の代行者）の会覚阿闍梨《えかくあじゃり》に宛てた添え状もあり、その夕暮れ時に、芭蕉はどうやら羽黒山南谷の別院（本坊の隠居所）に宿ることが許されたのであった。

### 象潟と日本海の荒海

四日の日、芭蕉は本坊（住職の住む坊舎）に招かれて会覚阿闍梨に謁し、八吟歌仙を表六句だけで帰る（この歌仙は九日に満尾して終る）。五日には羽黒山に登って羽黒権現に詣で、六日には月山《がつさん》に、つづいて七日には湯殿山を巡礼して、その日の夕暮れには早くも羽黒山の南谷に帰る、という行程。芭蕉の健脚には改めて驚かされる。

次いで十日には鶴岡に下山し、川舟で酒田へゆき、十六、七日の両日は象潟《きさかた》へ、と芭蕉の旅は急《せ》かれるように続けられる。

象潟は、当時は潟湖《せきこ》（砂丘などで外海と仕切られた塩湖）であり、美景で知られる歌枕であった。芭蕉は「松島」の条りと対をなすかのように、「象潟」の景色を長文で感動的に叙しているが、その始めと終りの部分を引く。

江山水陸《こうざんすいりく》の風光数《かず》を尽して、今《いま》象潟に方寸《ほうすん》を責《せ》む。酒田の湊《みなと》より東北の方《かた》、山を越え磯を伝ひ、砂子《いさご》を踏みて、その際《さい》十里、日影やや傾《かたぶ》く比《ころ》、汐風真砂《しおかぜまさご》を吹き上げ、雨朦朧《もうろう》として鳥海《ちょうかい》の山隠《かく》る。闇中に模索して「雨もまた奇《き》なり」とせば、雨後《うご》の晴色《せいしょく》また頼もしきと、蜑《あま》の苫《とま》屋《や》に膝をいれて、雨の晴るるを待つ。

（略）

この寺の方丈に座して簾《すだれ》を捲《ま》けば、風景一眼のうちに尽きて、南に鳥海天《ちょうかい》を支《ささ》へ、その陰うつりて江《え》にあり。西はむやむやの関路《せきみち》をかぎり、東に堤《つつみ》を築きて、秋田に通う道遥かに、海《うみ》北《きた》にかまへて、浪打ち入る所を汐越《しおごし》といふ。江の縦横《じゅうおう》一里ばかり、俤《おもかげ》松島にかよひて、また異《こと》なり。松島は笑ふが如く、象潟は恨むがごとし。寂しさに悲しみを加へて、地勢魂《ちせいたましい》をなやますに似たり。

## 象潟や雨に西施《せいし》が合歓《ねぶ》の花

冒頭早々からのこの気負った筆致に、――そのゆえにあえて文中に注釈を加えなかったが――、深く思い入れた芭蕉の熱い心情が窺われ、驚かされる。この「象潟」の文章は、「松島」のそれと手法は似て、漢語を多用し漢詩文の典籍を引き、あるいは日本の故事や伝承などを交えて、きらびやかにつづられた名文として知られているが、「松島」の条りとひとしく、あまりにもきらびやかすぎて、必ずしも名文というにはいささか躊躇されるように思われる。「象潟や」の句も同じように美しいが、ただそれだけで、総じて「松島」のくだりと同断であるといってよいであろう。

また識者の間には「松島は笑ふが如く、象潟は恨むがごとし」の対句をふまえて、太平洋側（いわゆる表日本）は明るく、日本海側（いわゆる裏日本）は暗く、この明暗二本立てに『おくのほそ道』全体が構成されている、というような説も行なわれているようであるが、いかがなものであろうか。そのような、いわゆる表日本と裏日本という二分の構成意識が、それが美的な立場からのものであったとしても、執筆以前からすでに芭蕉にあったかどうか、疑問に思われる。

象潟を見物した翌日の六月十八日（陽暦八月三日）に、象潟から酒田に戻った芭蕉は、同月二十五日までそこに滞在して、そこから北陸道《ほくろくどう》を加賀（石川県）へと向かう。その途中、「象潟や」を超える名吟を得た。

酒田の余波《なごり》日を重ねて（酒田の人びととの別れに数日を費やし）、北陸道《ほくろくどう》の雲に臨む（これから旅ゆく北陸道の空を遠く越後・佐渡・越中・能登・加賀・越前・若狭のかなたに眺めやる）。遥々《ようよう》の思ひ胸を痛ましめて、加賀の府（金沢）まで百三十里と聞く。鼠《ねず》の関（現山形県西田川郡温海町）を越ゆれば、越後の地に歩《あゆみ》行を改めて、越中の国市振《いちぶり》の関（現新潟県西頸城郡青梅町）に至る。この間《かん》九日《ここのか》（実は十四日）、暑湿《しよしつ》の労に神《しん》（心）を悩まし、病《やまい》おこりて事をしるさず（一々書き付けておかなかった）。

文月《ふみづき》や六日も常の夜には似ず
荒海や佐渡によこたふ天河《あまのがわ》

この「荒海や」の句は、古来、芭蕉句中の傑作のひとつとして名高い。あるいは壮大であり勇《ゆう》渾《こん》に実景を叙したものとか、あるいは天の河の広大さがこの句の眼目であろうなどと、多くの評解がなされているが、おおむねは「寂しい越後の北にひろがる夜の荒海の中に、唯《ただ》佐渡の島が大きく黒く見える、それに横たふ様《よう》に銀河が流れてゐるといふ、天と海と島とを合はせて把《つか》んだ、芭蕉の句中にも稀に見る豪壮な句」（安倍能成『続々芭蕉俳句研究』）という評が、要を得て的を射ているように思われる。（なお「横たふ」は「横タエル」という他動詞であるが、芭蕉はあえて「横タワル」という意味を含ませて、自動詞的に用いたのである。）

門人許六《きよりく》の『風俗文選《ふうぞくもんぜん》』（宝永三年刊）には、「銀河ノ序」と題されて、この句が長い前書とともに収録されているが、『おくのほそ道』とはかなりの相違が見られる。なかでも次の部分が目につく。

むべ（なるほど）、この島は金《こがね》多く出でて、あまねく世の宝となれば（なったので）、限りなきめでたき嶋にて侍るを、大罪朝敵の類《たぐい》（順徳天皇はじめ藤原資朝、藤原為兼、文覚上人、日蓮上人、世阿弥など）遠流《おんる》せらるるによりて、ただおそろしき名の聞え（評判）あるも本意《ほい》なき事に思ひて、窓押し開きて、暫時の旅愁をいたはらむとするほど（略）沖の方《かた》より波の音しばしば運びて、魂けづるがごとく腸《はらわた》ちぎれて、そぞろ悲しび来《きた》れば、草の枕も定まらず、墨の袂《たもと》なにゆえとはなくて、しほる（ぐっしょりと濡れる）ばかりになむ侍る。

この「銀河ノ序」と題する俳文が、芭蕉の真作として現在でも信じられているわけであるが（ただし題名は芭蕉のものではないという）、芭蕉の句を支えている感動のなかに、大罪朝敵の遠流の悲しみがこめられていると解釈して、これも芭蕉自身のものと残されている俳文もまた、他に見えて少なくない。しかしながら、それはこの土地にふさわしい揮毫用のものであったかも知れない。いずれにせよ、大罪朝敵の遠流のことにまで思い及ぼし、それを「本意なき事」と心を傷ましめる芭蕉に重ね合わせて、この「荒海や」の句を味わう必要は、ないのではあるまいか。『おくのほそ道』という紀行全体の文章から推測しても、あまりにも唐突で不自然なことのように感じられる。たとい土地の名士に乞われて、旅の記念として、やむなく書いたのだとしても、それが芭蕉の真意であったろうかと首をかしげざるをえない。それに『風俗文選』の文章には、芭蕉の残した『おくのほそ道』の文章が内包している「品」というものが、どうも感じられないのである。少なくとも芭蕉は、『ほそ道』ではそれを削除した。まさしく削除して正解であった。

ブレーズ・パスカルは、「この無限の空間の永遠の沈黙は、私に恐怖をおこさせる」（パンセ・二〇六）と述べている。パスカルのいうこの「恐怖」は、いうまでもなく人間の大自然の偉大さに対する畏敬の念であろう。芭蕉の句にはこの「永遠の沈黙」はない。しかし、風に荒れる海と、黒々とした佐渡の島と、その上に広がる天空に長蛇のように横たわる天の川とが、その大空間に対している芭蕉に、人間存在というものの卑小さとの対比を実感させ、その実感が芭蕉をして怖れさせ、ひいては人間存在の卑小さを虞《おそ》れさせる、ということはあって不自然ではあるまい。この怖れ、また虞れは、形而上的な、さらにはは宗教的な畏敬の念と同質であろう。それは形而下的な政治とは、全く無関係である。

### 菰かぶりの生涯

象潟から酒田に戻り、越後路を経て、市振《いちぶり》、那古《なこ》、金沢と、北陸道の旅は急がしく、足早である。元禄二年八月十四日、敦賀《つるが》（現福井県敦賀市）に到着した芭蕉は、迎えに来ていた路通とともに、中旬ごろ美濃大垣におもむく。大垣では、伊勢に先行していた曽良も、また名古屋の越人も馬を飛ばせて、如行《じょこう》の家に集まって芭蕉を迎えた。

それぞれ異口同音に、「蘇生のものに合ふがごとく、且《か》つよろこび、且ついたはる」のであったが、この「蘇生のもの（死からよみがえったもの）」という言葉は、ただ門弟たちばかりでなく、芭蕉自身の思いでもあったろう。

しかし長途の旅の疲れも癒さぬままに、芭蕉は「遷宮拝まん」と伊勢に旅立つのであった。

旅の物憂さもいまだやまざるに、長月六日になれば（九月も六日になったので）、伊勢の遷宮《せんぐう》（二十年ごとに行なわれる式典）拝まんと、また舟にのりて、

蛤《はまぐり》のふたみに別れ行く秋ぞ

これが『おくのほそ道』の結びであるが、紀行のなかの『おくのほそ道』の旅は終っても、芭蕉の「旅」は終らない。こののち、郷里の伊賀上野、近江湖南の膳所《ぜぜ》、大津、あるいは洛西嵯峨などを転住しながら、芭蕉が江戸に帰着するのは、元禄四年の十月二十九日、深川を旅立って二年半の歳月を経た後であった。

芭蕉庵はすでに人に譲渡してしまっていた。仕方なく日本橋橘町というところに仮寓して、翌五年五月中旬にようやく門人知友の尽力で新築成った芭蕉庵に住むことになったものの、風雅の魔心（かつての風羅坊であり、そぞろ神であり道祖神である）が、さらに芭蕉を旅へといざなうのであ

った。

風雅もよしや是《これ》までにして、口を閉ぢんとすれば、風情胸中をさそひて、物のちらめくや、風雅の魔心なるべし。なほ放下《ほうげ》して栖《すみか》をさり、腰にただ百銭をたくはへて、拄杖一鉢《しゆじようといつぱつ》に命を結ぶ。なし得たり、風情つひに薦《こも》をかぶらんとは。
（「栖去之弁」、元禄五年二月）

拄杖一鉢《しゆじようといつぱつ》に命を結ぶ薦かぶりの生涯、これが『おくのほそ道』を終えて体得した芭蕉開悟の心境であった。このことは充分に注意されてよい。すなわち芭蕉の旅に目的地（終着点）はないということである。

# 三　造化に帰る──風と芭蕉と

## (1) 芭蕉、風となる

### 自然と風

むかし、大学院の学生時代に、渡辺一夫先生から、一対一で「西洋文芸思潮史研究」の演習を指導していただいた、そのあるとき、マダム・ド・ラファイアットの『クレーヴの奥方』には自然描写がひとつもない、ということを教えられた。さっそく読んでみて、──もちろん翻訳によってであるが──なるほどと思った記憶がある。

ところで、日本の古事記神話が、「葦牙《あしかび》（葦の芽生え）の如く萌《も》え騰《あが》る物」の出現から始まることは、すでに周知であろう。すなわち混沌のなかから現れた最初の萌《きざ》し、物種《ものだね》で、それを神格化した名が宇麻志阿斯訶備比古遅《うましあしかびひこじの》神である。神世《かみよ》七代《ななよ》のうち、宇比地邇《うひじにの》神・須比智邇《すひじにの》神は泥土、角《つの》杙《ぐいの》神・活杙《いくぐいの》神は芽立ちの意であろうか。

また国土は、上《かみ》つ国すなわち高天原と下《しも》つ国すなわち黄泉《よみ》あるいは根の国に対して、葦原の中つ国すなわち葦原である中つ国であり、そこは豊葦原《とよあしはら》の千秋長五百秋《ちあきのながいほのあき》の水穂《みずほの》国、略して豊葦原の水穂の国と呼ばれる豊かな葦原で、長く久しく稲穂がみのる国、の意であるといわれる。のちに高千穂の峯に降臨する天孫（天照大御神の孫）の名が、天津日高日子番能邇邇芸命《あまつひこひこほのににぎのみこと》とされるのも、当然ながら無関係ではない。番能邇邇芸は稲穂の豊かにみのる意である。

「平家なり太平記には月も見ず」とは宝井其角の句であるが、屋島の沖で小宰相が、西に傾く二月十四日の月を極楽浄土の方角と見定めて入水する条《くだ》りは、月がただ美の対象としてだけではなく、宗教的な崇高さを帯びて語られる屈指の名場面である。

尼子《あまご》十勇士の一人である山中鹿之介が、主家の再興を志して「我に七難八苦を与え給え」と月に向かって祈る少年読物の一節も、遠い記憶の底からよみがえってくる。

芥川龍之介は、「或日の大石内蔵助」の終りに、世間の勝手な称賛の聲に不快な思いと寂しさを感じている内蔵助の前に、花をつけた寒梅の老木とその幽かな匂いを配している。また「戯作三昧」では、やはりその末尾で、頓挫していた八犬伝の筆を採って書き始めた馬琴の傍らに、深夜の蟋蟀《こおろぎ》をかすかに鳴かせている。

また深沢七郎は、「楢山節考」の老母と孝行息子との楢山参り（姥棄て）の別れに、だんだんと牡丹雪のように大きくなってくる雪を一面に降らせている。

思うに、二十一世紀のいま、どれほど科学技術文明が発達しても、日本人の心から自然を抹殺することはできないのではないか。それを自覚しているかいないかは別として、日本人のこころの片隅には、「自然」がいまもなお息づいているのではないか。自然は単に科学技術の研究対象というだけではないであろう。

なかんずく、風流とか風雅とか風狂とか、あるいは風景、風物、風土、風光、風月、風韻、風趣、風致、風味、風姿、風格、風俗、風情など、自然に関わる言葉は枚挙に暇がない。また風を部首とした飄逸、飄客、飄然、飄々などの言葉も挙げられよう。

風はもともと神意をつたえる鳥形の神、鳳凰のはたらきによって起るものと考えられていたという（白川静『字統』）。すなわち「風」は自然のなかでも神性をもった語、ないし存在だったのである。

このことは西欧でもどうやら同じであろう。『旧訳聖書』の冒頭、「創世記」には、「ヱホバ神、土の塵を以って人を造り、生気《いのちのいき》をその鼻に嘘《ふき》入れたまへり。人即ち生霊《いけるもの》となりぬ」（二ノ七）とある。息は生き、すなわち命であった。英語の breath に、生命、生命力の、また言葉、かすかな音、ささやき、あるいは風のそよぎ、息などの意味のあることが思い出される。ボッティチェルリの「ヴィナスの誕生」は、貝に乗ったヴィナスを二人の天使が息を吹きかけて海の岸辺に送るという構図であったことも、合わせて思い浮かぶ。

しかしながら、なぜ「風」を用いた語やそれを部首とした語が、自然の美や自然に対する美的な態度や志向をあらわす言葉となったのか、という問いは、人間と自然との関わり方に関係があるとは推察されるものの、しかと答えはできない。ただその周辺をうろうろするばかりである。

## 芭蕉の「風」の句

芭蕉に風の句は少なくない。遺詠の「旅に病で夢は枯野をかけ廻る」にも、また「風」のイメージが強く感じられる。

早くは、上野赤坂に在住していた寛文六年（二十三歳）に、すでに「秋風の鑓戸《やりど》の口やとがり声」（秋風が引き戸のところで鋭い声を出していることだ）といった句を詠んでいる。世に公表された八番目の句である。

その翌年には「春風に噴き出し笑ふ花もがな」（春風にさそわれて、笑いが吹き出すように咲く花はないかなあ）とか、「夏近しその口たばへ花の風」（花に吹く風よ、夏も近いから涼風が逃げないように風袋の口を縛っておいてくれ）といった軽い句も見られるが、やがて「霜を着て風を敷き寝の捨て子かな」（延宝五年、三十四歳）から、「蜘何《くもなに》と音《ね》をなにと鳴く秋の風」（延宝八年、三十七歳）、「芭蕉野分《のわき》して盥《たらい》に雨を聞く夜かな」（同九年）、「髭風《ひげかぜ》ヲ吹いて暮秋《ぼしゅう》歎ズルハ誰《た》ガ子ゾ」（天和二年、三十九歳）を経て、「野ざらしを心に風のしむ身かな」（貞享元年、四十一歳）へと、「風」は芭蕉にとってもはや句の対象（材料）ではなく、芭蕉としだいに離れ難いものとして、主客一体となっていくのである。

旅に飽きてけふ幾日《いくか》やら秋の風　（元禄元年、四十五歳）
身にしみて大根からし秋の風　（同）

吹きとばす石は浅間の野分かな　（同）
あかあかと日は難面《つれなく》もあきの風　（元禄二年、四十六歳）
石山の石より白し秋の風　（同）
秋風のふけども青し栗のいが　（元禄四年、四十八歳）
木枯らしに岩吹きとがる杉間かな　（同）

芭蕉の「風」は、このように秋の句に目立って多い。その次に冬である。

そこで、あらためて芭蕉の「風」の句のすべてを、『校本芭蕉全集』（角川書店刊）の発句篇から拾い出して整理してみると、次の通りになる。（　）内の数値は句数を示す。なお「榎《え》の実散る椋《むく》の羽音や朝あらし」の「朝あらし」は、椋鳥の羽音の比喩である。よって省く。

| | | | | |
|---|---|---|---|---|
| ［春］ | 二句 | 春風（一） | 花の風（一） | |
| ［夏］ | 四句 | 風薫る（二） | 風の香《か》（一） | 風の薫《かおり》（一） |
| ［秋］ | 二四句 | 秋風（六） | 秋の風（一四） | 野分《のわき》（四） |
| ［冬］ | 七句 | 木枯（七） | | |
| ［雑］ | 二七句 | 嵐（九） | 風（八） | 松風（二） |
| | | 比叡颪《ひえおろし》（一） | 川風（一） | 風の音（一） |

風の筋（一）　風の口《くち》（一）　枕の風（一）
富士の風（一）　風色《かぜいろ》（一）

知られるように、全句数九八〇句のうち、数えて六十四句が「風」の句である。百分率で示せば、約六・五パーセントが「風」の句ということになる。

芭蕉は風に生き風に死んだ詩人と、そう言ってよさそうである。

蕪村はどうか。蕪村にもやはり秋の句が多く数えられるが、秋の句に限らず、たとえば「風なくて雨ふれと乞ふ蛙《かわず》かな」が暗示するように、総じて蕪村の句に「風」は、ほとんど吹いていない。あえていえば、蕪村の句のなかにあっては、「風」はかならずしも「自然」の立役者ではないようである。いわば端役である。

秋風《しゅうふう》や酒肆《しゅし》に詩うたふ漁者樵者《ぎょしゃしょうしゃ》
秋風《あきかぜ》にちるや卒都婆の鉋屑《かんなくず》
秋かぜのうごかして行く案山子《かかし》かな
十六夜《いざよい》の雲吹き去りぬ秋の風
木枯しや鐘に小石を吹きあてる

うつくしや野分の後のとうがらし

蕪村の「風」の句を季節別に分類してみると、次の通りである。全句数二八四二句（講談社版『蕪村全集』巻一による）のうち、一二〇句が風の句で、約四・二パーセントである。比率としては、芭蕉よりかなり少ないといってよいだろう。なお「恋風」の一句は省く。

［春］　一三句　春風（六）　春の風（四）　東風《こち》（三）
［夏］　七句　薫風《くんぷう》（三）　風薫る（三）　青嵐《あおあらし》（一）
［秋］　四〇句　秋風（八）　秋の風（一四）　野分（一八）
［冬］　二〇句　木枯し（二〇）

芭蕉の「動」に対して、蕪村の「静」ということか。「旅人」と「画人」との相違である。

## 「風吟」という言葉

「風吟」という言葉がただ一つ、『野ざらし紀行』（貞享元年八月～翌年四月までの最初の長旅の記）のなかに見える。

なごやに入《いる》みちのほど風吟ス
狂句こがらしの身は竹斎に似たる哉　（野ざらし紀行）

この句は、蕉風確立の第一弾として、貞享元年に刊行された（市場に出たのは翌年）、芭蕉の最初の俳諧集『冬の日〈尾張五歌仙〉全』（私家版かという）に収められて、広く知られている。

笠は長途《ちょうと》の雨にほころび、紙衣《かみこ》は泊まり泊まりの嵐にもめたり。侘びつくしたる侘び人、我さへあはれに覚えける。むかし狂歌の才士、この国にたどりし事を、不図《ふと》思ひ出でて申し侍る

狂句こがらしの身は竹斎に似たる哉　芭蕉　（冬の日）

ここに見られる「風吟」の語は、『大漢和辞典』（諸橋轍次）に見えない。『日本国語大辞典』（小学館）にかろうじて検索できるだけである。それも三条西実隆《さんじょうにしさねたか》（藤原北家流。内大臣。宗祇より古今伝授を受け、連歌、書道、有職故実《ゆうそくこじつ》など和漢の学に通ずる）の日記『実隆公記』に、「日花門《じつかもん》（紫宸殿庭の東門）下ニ於イテ暫ク風吟ス。其ノ興浅カラズ」（原漢文）と、わずか一例あるのみである。

この「風吟」という語は、判るようで判らない、また判らないようで判るような、そのような

不思議な、しかも難解な語である。用例の少ないところから推測すると、造語とはいえないまでも、芭蕉が再発掘した語かも知れないが、いずれにせよ、この「風吟」にこそ芭蕉の真面目があらわれている、ということだけはどうやら理解できる。そこには、単なる「風狂」という言葉では片付けられない、深い意味が感じられるのである。

「狂句こがらしの」という句は、狂歌の才士竹斎を「不図《ふと》」思い出して詠んだものだという。そして芭蕉はそれを「風吟」だといっているのである。

## 「狂句木枯しの」の句の前後

芭蕉は、この「狂句」は昔の竹斎が作った「狂歌」とおなじである、といっているわけではあるまい。この狂句は、「侘びつくしたる侘び人」の吟である。

その「侘び人」は、深川の芭蕉庵で侘びた、単なる「侘び人」ではない。面目を一新した「侘び人」、侘びを侘びて侘びつくした「侘び人」、いわば侘びを自己脱落した「侘び人」である。ここに竹斎が出てきたのは、もしかしたら名護屋俳人への挨拶であったか、とも受け取れる。

この句の詠まれた前後を『野ざらし紀行』にたどってみると、この芭蕉の変容が、あるいは苦しみから歓びへという内的変化が、よく知られる。

始めは、「風」のなかに何となく暗いイメージが、あえていえば「死」の影がまとわりついているような悲愴感があった。

貞享甲子《きのえね》秋八月、江上《こうしょう》の破屋《はおく》を出づるほど、風の声そぞろ寒気《さむげ》なり。

野ざらしを心に風のしむ身かな

富士川のほとりを行くに、三つばかりなる捨子の、哀れげに泣く有り。(略)

猿を聞く人捨子に秋の風いかに

いかにぞや、汝、父に悪《にく》まれたるか、母に疎《うと》まれたるか。父は汝を悪むにあらじ、母は汝を疎むにあらじ。唯これ天にして、汝が性《さが》のつたなきを泣け。

暮れて外宮《げくう》に詣で侍りけるに、一ノ華表《いちのとりい》の陰ほの暗く、御灯《みあかし》ところどころに見えて、また上もなき峯の松風、身にしむばかり、ふかき心(感動)を起して、

三十日《みそか》月無し千年《ちとせ》の杉を抱く嵐

月《つき》(九月)のはじめ、古郷《ふるさと》に帰りて、(略)何事も昔に替《か》わりて、はらから(兄半左衛門)の鬢《びん》白く、眉皺《まゆしわ》寄りて、ただ「命有りて」とのみ云ひて言葉はなきに、このかみ(兄)の守袋《まもりぶくろ》をほどきて、「母の白髪拝めよ、浦島の子が玉手箱、汝が眉もやや老いたり(九年ぶりでだんだんと白くなってきたなあ)と、しばらく泣きて、

手にとらば消えん涙ぞあつき秋の霜

上山当麻寺《かみやまたいまでら》に詣でて、庭上《ていしょう》の松を見るに、およそ千年《ちとせ》も経たるならん、（略）かれ（この松は）非情（心なきもの）といへども、仏縁に引かれて斧斤《ふきん》の罪を免れたるぞ（切り倒されずにすんだのは）、幸ひにして尊《たっと》し。

僧朝顔幾《いく》死にかへる法《のり》の松

このような芭蕉の、無意識にもせよ怖れていた「野ざらし」という「死」のイメージが、荒廃して薮や畠になってしまった不破の関跡を無表情に吹き過ぎる秋風によって、すっかり吹き払われる。そしてその風のなかで、「死にもせぬ旅路の果よ」と、「死」を透関しえた歓びを、芭蕉は自得するのである。

不破《ふわ》

秋風や薮も畠も不破の関

武蔵野を出づる時、野ざらしを心に思ひて旅立ちければ、

死にもせぬ旅寝の果よ秋の暮

ここから芭蕉独特の「風吟」という言葉が生まれてくる。

名護屋に入《い》る道の程、風吟ス
　狂句木枯しの身は竹斎に似たる哉

これ以後、芭蕉の句も、また心情も明るく、穏やかになってくるように思われる。「名もなき山」にも「山路のすみれ草」にも、また「花よりも朧な松」にも、やさしいまなざしが注がれる、そのような心のゆとりが生まれてきたのである。

市人《いちびと》よこの笠売らう雪の傘
馬をさへながむる雪の朝《あした》かな
海暮れて鴨の声ほのかに白し
年暮れぬ笠きて草鞋はきながら
春なれや名もなき山の薄霞《うすがすみ》
山路《やまじ》来て何やらゆかしすみれ草
唐崎の松は花より朧にて

ここに来て、「狂句こがらしの」という「風吟」の句が、『冬の日』の前書きの語るような、狂歌の才士竹斎を「不図」思い出して詠んだ句であったということは、充分に記憶されてよい。

## 旅にいざなう風

貞享四年十月、芭蕉は『笈の小文』の旅に出で立つ。時に四十四歳。

百骸九竅《ひやくがいきゆうきよう》の中に物有り（わたくしの身体のなかに何ものかがある）。かりに名付けて風羅坊《ふうらぼう》といふ。誠にうすものの、風に破れやすからん事をいふにやあらむ。かれ（その風羅坊は）狂句を好むこと久し。ついに生涯のはかりごと（活計）となす。（笈の小文）

こうして芭蕉の「風」とともに生きるという、「定めなき風葉」の生き方が覚悟されるのである。

神無月のはじめ、空定めなきけしき（様子）、身は風葉《ふうよう》の行く末なき心地して、

旅人とわが名呼ばれん初しぐれ　（同）

さらしなの里、おばすて山の月見ん事、しきりにすすむる秋風の、心に吹き騒ぎて（わたくし

の心をくるわすのであるが）、ともに風雲の情《じょう》をくるはす者またひとり、越人《えつじん》といふ。

（更科紀行、貞享五年八月、四十五歳）

月日は百代《はくたい》の過客《かかく》にして、行きかふ年もまた旅人なり。舟の上に生涯を浮かべ、馬の口とらへて老いを迎ふる者は、日々旅にして旅を栖《すみか》とす。古人も多く旅に死せるあり。予もいづれの年よりか、片雲の風にさそはれて、漂泊の思ひやまず。

（おくのほそ道、元禄二年三月、四十六歳）

これらは、紀行だけに見られる文飾ではない。書簡を見てみよう。

持病下血《げけつ》（痔疾による出血）などたびたび、秋旅《あきたび》四国西国もけしからず（秋の四国九州への旅も持病に良くないと）、まず思ひとどめ候。さりながら、備前あたりより、必ずと招く者も御座候へば、与風《ふと》風にまかせ候まで（江戸に帰ることは）定めがたく候。

（如行宛、元禄三年四月十日付書簡）

残生《ざんせい》（老人の謙称）いまだ漂泊やまず、湖水のほとり（琵琶湖畔、幻住庵を指す）に夏をいとひ候。猶どち風（どちらから吹いてくるとも知られぬ風）に身をまかすべきやと、秋立つ頃を待ちかけ候。

拙者儀、山庵（幻住庵を指す）秋至り候ひては雲霧《くもきり》に痛み候ひて、病気にさはり候故、追っ付け出庵いたし、名月過ぎには何方《いずかた》へなりとも風にまかせ申すべくと存じ候。さりながら、去年《こぞ》遠路（奥の細道六百里の行程）につかれ候間、下血など度々《たびたび》はしり迷惑いたし候ひて、遠境羈旅《えんきようきりよ》（四国九州への旅）叶はず候間、東《あずま》の方《かた》近くへそろそろとたどり申すべきかとも存じ候。

（小春宛、元禄三年六月二十日付書簡）

（牧童宛、元禄三年七月十七日付書簡）

とかく拙者、浮雲無住《ふうんむじゆう》の境界《きようがい》大望ゆゑ、かくの如く漂泊いたし候間、その心に叶ひ候やうに御取り持ち頼み奉り候。

（正秀宛、元禄四年正月十九日付書簡）

風に吹かれ、風にまかす旅、それは漂泊に他ならない。

かつて芭蕉は、江戸市中を捨てて、深川に貧と寒と侘びの生活を選んだ。そしてその深川の侘び住まいを捨てて、心に風のしみる旅に出で立ち、さらには身を風にまかす漂泊を、いまはそれをわが身の「大望」として生きようと覚悟したのである。

しかしながら、この「覚悟」には、いまだ「風にまかす」という自由さは必ずしも徹底しているとはいえない。

## 薦かぶりへのあこがれ

芭蕉は、「まかす」という言葉とともに、「ふと」という言葉も好んで用いている。特に晩年にそれが目立つ。

「ふと」は、「ふと」と仮名書きの場合もあるし、「不図」もあるし、また「風与」「与風」とも書かれ、訓《よ》まれているが、意味は同じである。ちなみに『芭蕉全集』に見ると、「ふと」が七語、「不図」が三語、「風与」が二語、「与風」が十六語である。

「不図」の「図」は、図《はか》る、予測する、意図する、などの意味であるから、「不図」はその否定態である。図らわずに、偶然に、の意味である。おそらくその奥には、他者にもはからわれず、自己にも自由、という意味が隠されているだろう。

「風与」も「与風」もまた、興味深い。「与」は、与《あた》エルと訓めば、風が与えるとなる。また与《くみ》スルと訓めば、風と一緒になる、風の仲間となるという意味になる。

芭蕉はつねに、風のなかに、風とともに、風となっていたということである。芭蕉のいう「風吟」の「風」とは、まさしくこれであったろう。芭蕉における「風狂」の「風」も、またこれであったろう。通常いわれる「風狂」とはまったく異質である。

すでに薦かぶりへのあこがれはあった。芭蕉は元禄三年の歳旦吟に、

元禄三、元旦　都近きあたりに年を迎へて

薦を着て誰人《たれびと》います花の春

と詠んでいる。

さらにそれ以前、貞享二年歳末には、

貰《もろ》ふて喰らひ、乞ふて喰らひ、やをら（どうやら）飢《かつ》ゑも死なず、年の暮ければ、

めでたき人の数にも入らむ老《おい》の暮

などの吟も見える。

また落ちぶれた老小町の乞食姿を描いた画賛にも、

尊《とうと》さや雪ふらぬ日も簑と笠

と、薦かぶりの生き方へのあこがれを吟じた句もある（元禄三年十二月）。

しかし芭蕉に「風」は吹いてこなかった。

ところが「おくのほそ道」の旅から、さらに二十五ヶ月にも及ぶ上方の漂泊を終えて、江戸へ

戻った芭蕉は、元禄五年の二月に、ついに風の、旅へといざなうささやきを聞いた。そして「栖《せい》去之弁《きょのべん》」をつづり、その心境を吐露する。

ここかしこ浮かれ歩《あり》きて、橘町といふところに冬ごもりして、睦月《むつき》、如月《きさらぎ》になりぬ。風雅もよしや是までにして、口を閉じむとすれば、風情胸中をさそひて、物のちらめくや、風雅の魔心なるべし。なお放下《ほうげ》して栖を去り、腰にただ百銭を貯へて、拄杖一鉢《しゅじょういっぱつ》に命を結ぶ。なし得たり、風情つひに薦《こも》をかぶらんとは。

（栖去之弁、元禄五年二月、四十九歳）

ここには「道路に死なん、これ天の命なり」（おくのほそ道）などという気負いはない。むしろついに薦をかぶる境遇にたどり着きえた、「なし得たり、風情つひに薦をかぶらんとは」という、いわば風となった歓びがある。

思えば、とおく長い心の旅路であった。

## 風と生きる

芭蕉は風狂の詩人といわれるが、風流に戯れ狂った人という意味は当らない。

旅人とわが名を呼ばれようというのは、受け身のようで受け身ではない。他人からそのように呼ばれよう、呼ばれたいという願望でもない。自分が自分をそう呼ぼうというのである。「身は風葉の行く末なき心地」を、心細くとらえるのではなく、その「心地」を自分の生きる糧として、行く末なき風の吹くがままに、生きようというのである。「呼ばれん」は、みずからに向っての強い意思である。

そうでなければ、「どち風に身をまかす」とか、「何方へなりとも風にまかすべく」とか、「浮雲無常の境界大望ゆえ、かくの如く漂泊いたし候」とかいう言葉は出てくるはずもあるまい。「旅人」とは、芭蕉にとってそのような生き方であり、そのような在り方だったのである。

ひるがえって思うに、芭蕉晩年のいわゆる「軽み」は、ここに由来するのではあるまいか。「梅が香《か》にのっと日の出る山路かな」（元禄七年）はいうまでもないが、さらにその源流をたずねると、『野ざらし紀行』の「眼前」という前書きのある「道のべの木槿《むくげ》は馬にくはれけり」（貞享元年）なども、すでに「軽み」を帯びているといえるであろう。

同じ紀行の「辛崎《からさき》の松は花より朧にて」（貞享二年）の句について、芭蕉は「我はただ花より松は朧にておもしろかりしのみ」（三冊子）といっている。このころから芭蕉は、すでに晩年の「軽み」に通ずる道を歩いていたということになろう。

そしてそれは、芭蕉が「風となる」ことによって始まったと考えられてよいだろう。「木のもとに汁も膾《なます》も桜かな」（元禄三年）について、芭蕉は「花見のかかりを少し心得て、軽みをしたり」（三冊子）と語ったという。

軽みは、造化にしたがい、造化に帰るということに他なるまい。その背景には、あるいは底流には、みずからが、「風となる」ことに、いわば「われ」（自我、我執）を離れて、おのずから「風と化す」という自己変容の悟得があったのである。

芭蕉にあっては、風狂は死と背中合わせにあった。風狂は死によって純化され、風狂の「狂」は風と化したのである。芭蕉は「風」の持つ自在性、自由無礙《むげ》な風性に生きた詩人であった。

それは、風流に狂ったという意味での風狂とはまったく異質である。一般に理解されている風狂からその狂をすっかり払い捨てて、ただ風となった、その風を芭蕉は生きたのである。それを風狂における絶対境の発見といってもよいであろう。

通常の人には見られない、――ということは理解できない――、そのような生き方こそ、芭蕉が無能無芸の果てに、もがきながらついにみずから見出だした、只一筋の道であった。

先達はいた。「西行の和歌における、宗祇の連歌における、雪舟の絵における、利休が茶における、その貫道するものは一《いつ》なり」といったが、西行を除いて他の三人はすべて禅を修めた人たちである。芭蕉自身も鹿島根本寺の住職仏頂和尚に禅を学んでいる。

## 風と軽み

およそ、「高く心を悟りて俗に帰るべし」とか、「発句の事は、行きて帰る心のあじはひなり」とか、芭蕉の言葉として伝えられている有名な言葉ではあるが、難解である。

ただここに気付くことは、ともに「悟りて帰る」、また「行きて帰る」というふうに、対句となっている点である。これは仏家でいう「上求菩提《じようぐぼだい》、下化衆生《げけしゆじよう》」の菩薩道を連想させる。「俗に帰る」の前提に「高く悟りて」が、また「帰る」の前に「行きて」がある。「高く悟」ったのちに「帰る」べき「俗」とは、単なる卑俗な世間ではない。そこは、悟り得た人が「帰」ってくる「俗」世間であり、「高く悟」る以前の、いまだ悟りを得ない人びと、依然として「行」くことをしない人びとが住んでいる「俗」世界とは全く次元を異にした世界、面目を一新した世界、すなわち詩の生まれる世界である。

しかしそこはまた「俗」の世間でなければならない。「俗」を超えた「俗」の世界でなければならない。これが芭蕉のいう「高く悟りて俗に帰る」、また「行きて帰る」ということの真意である。

この芭蕉の言葉は、道元もしばしば引用する長沙景岑《ちようさけいしん》の頌《じゆ》を、さらにはそれを踏まえた道元の垂示《すいじ》を思い出させる。

百尺竿頭不動の人
然《しか》も得入《とくにゆう》すといへども未《いま》だ真となさず
百尺竿頭須《すべか》らく歩《ほ》を進むべし
十方世界これ全身
（景徳伝灯録十、長沙章）

古人の云く、百尺の竿頭に更に一歩を進むべし。この心は、十丈の竿の先に上りて、猶《なお》手足を放ちて、即ち身心《しんじん》を放下《ほうげ》せんがごとし。
（正法眼蔵随聞記六ノ二四）

身心の放下は、悟りの境に入る実践行《じっせんぎょう》である。その時「十方世界これ全身」となる。道元の別の垂示でいえば、「ただ身心を仏法になげすてて、更に悟道得法《ごどうとくほう》までものぞむ事なく修行しゆく、是れを不染汚《ふぜんな》の行人《ぎょうにん》と云ふなり」（同）であろう。なお「不染汚」とは煩悩のないこと。「不染汚の行人」とは「有仏の処にもとどまらず、無仏の処をも速やかに走り過ぐ」という、無心の求道者をいう。

この「ただ身心を仏法になげすてて」の「仏法」を「俳諧」の語と置き換えれば、容易に理解できよう。それは「高く悟りて俗に帰る」、「行きて帰る」ことに他ならない。帰った所は、難しい理論も何もない、洒々落々《しゃしゃらくらく》の、当たりまえの世界である。「光風霽月《こうふうせいげつ》」（黄庭堅の詩語）の境、あるいはそれを「超俗の俗」ともいえようか。道元の和歌を借りれば、「春は花夏ほととぎす秋は月冬雪さえてすずしかりけり」（松傘道詠）である。それは言葉（表現）である以上に、実体（物そのもの）であるといってよい。

芭蕉の説く「軽み」には、こうした禅の心があると思われる。芭蕉が晩年に強調した「軽み」は、おそらくこの世界のものであろう。

子珊《しさん》は『別座敷』（元禄七年成る）を編集して、その序に、

誹諧を尋ねけるに、翁（芭蕉を指す）、「いま思ふ体《てい》（現在求めている誹諧の姿）は、浅き砂川を見

るごとく、句の形、付心《つけごころ》ともに軽きなり。その所に至りて意味あり」と侍る

とある。

すでに芭蕉は元禄三年三月に、「木のもとは汁も膾《なます》もさくら哉」の句を作り、「花見の句のかかりを少し心得て、軽みをしたり」(三冊子)と述べているから、早くからその考えはあったと思われるが、一般に「軽み」とされている句は、七部集第六の『炭俵《すみだわら》』(元禄七年刊)にみられるといわれている。

梅が香にのっと日の出る山路かな
青柳の泥にしだるる塩干かな
駿河路や花橘も茶の匂ひ
鞍壺に小坊主乗るや大根引《だいこひき》
寒菊や粉糠《こぬか》のかかる臼《うす》の端《はた》

芭蕉のいう「軽み」とは、単なる「軽口《かるくち》」ではなく、百尺の竿頭からさらに一歩を進めて高く悟った心が、俗談平話の世界に帰ってきて、そこに詩語として新しくよみがえった言葉、すなわち正しく直《ただ》された俗談平話を用いて、さらりと平坦に句作りした表現技法であるとでもいえようか。

しかしながら、そこに詠まれた句そのものの生命は、ただ「軽み」を目的としてあるわけではないのであるから、ここが「軽み」であると指摘することは、困難である以上に無意味であろう。「軽み」という概念は、一つの句法として理解し認識しておけばよいのである。

むしろ句作りには、「高く悟りて俗に帰る」という禅的な精神の自在性がもっとも重大な条件なのであって、そのためには俳諧の誠を責めつづける、つまり「百尺の竿頭さらに一歩」という不断の修行が、つねに要求されることになるのである。

芭蕉は、近世にあって中世精神を体得し体現しえた、希有な詩人であった。

## （2）芭蕉のなかの「芭蕉」

### 季語としての「芭蕉」

季語としての「芭蕉」は、近代に入ってから多く詠まれるようになったと思われる。角川書店版『図説俳句大歳時記』（全六巻）に引用されている、「芭蕉」に関する例句を数えると六十三句あり、そのうち四十九句が近代の作家のものである。しかもその「芭蕉」も、単なる「芭蕉」ではなく、さまざまな装飾がなされて、新しい季語として、複雑多岐な表現を生み出している。

もちろん、これは参考までの試算であって、この粗雑で、全く検証ともいえぬ結果だけで判断できるわけのものではないが、それでも考察のための一応の目安となるのではないかと思われる。

たとえば、「芭蕉」は夏、秋、冬の三部に分けられ、夏の部では、「芭蕉の花」（四句のうち三句が近代）、「玉巻く芭蕉」（八句のうち五句が近代）、「芭蕉玉」（二句のうちすべてが近代、なお「玉」は美称で巻き葉のこと）、「姫芭蕉」（一句のみで近代）である。

その他、「芭蕉の巻葉」「芭蕉の玉」「芭蕉若葉」なども、夏の季語として挙げられている。

思うに、近代の作家の観察眼が複雑になり、細部にわたって「目が肥えてきた」ということで

あろうか。新しい表現の模索や工夫の結果であろうか。例句として目についた句をあげると、

玉解いて即ち高き芭蕉かな　高野素十

秋の部では、当然ながら「芭蕉」がもっとも多く、例句は二十三句と数えられるが、そのうち十四句は近代の作である。

がさがさと猫が上りし芭蕉かな　正岡子規

腰かけて人顔青し芭蕉かげ　高浜虚子

風の中に葉を送りゐる芭蕉かな　村上壺天子

などが例句として目に留まる。

「芭蕉広葉」は三句のうち二句が、また「芭蕉林」二句、「破《や》れ芭蕉」七句は、ともにすべてが近代である。例句として、

芭蕉林雨夜ながらの月明り　村上鬼城

破れ芭蕉月光顔に来てゐたり　加藤楸邨

冬の部では、「枯れ芭蕉」が七句、「芭蕉枯る」が六句、例句として引かれているが、ともに近代作家のものである。

芭蕉枯れんとしてその音かしましき　正岡子規

大芭蕉従容《しょうよう》として枯れにけり　日野城草

近代に入って「芭蕉」の句が、目立って多く詠まれるようになったのは、なぜか。簡単に、ま

た安易に答えられる問題ではないだろう。ただあえていえば、作者の観察眼が、細部にまで行きわたるようになって、いわば「目が肥えてきた」ためということもあるだろうが、それはおそらく「芭蕉」という存在（自然物）そのものへの根源的な関心というよりも、作句の題材を広範に求めようとする作家の創作意欲のあらわれであると理解した方がよいのかも知れない。それを芭蕉の言葉でいえば、「なる句」よりも「する句」への流れに棹さしているということになるのであろうか。

こうした問いを裏返していいなおせば、近代以前において「芭蕉」とは何であったか、という問いになるであろう。もっと端的にいいなおせば、芭蕉にとって「芭蕉」とは何であったかという問いである。

## 芭蕉の詠んだ「芭蕉」の句

芭蕉に「芭蕉」を詠んだ句は、総句数九八〇句のうち、五句が数えられる。

李下《りか》、芭蕉を送る

ばせを植ゑてまづにくむ荻《おぎ》の二葉かな　（天和元年春、三十八歳、続深川集）

李下は姓名、歿年ともに未詳。其角・杉風関係の句集にその名が見えるのみ。江戸蕉門のひとりか。延宝八年の冬、芭蕉が江戸深川に隠棲した翌年の春に、芭蕉一株を贈ったことで知られる。

その芭蕉が繁茂して、門人たちが庵を「芭蕉ノ庵」と呼んだことから、中国の詩人杜甫にちなんだ「泊船堂」の俳号を改め、みずからも「桃青」とあわせて「芭蕉」を号とするようになった。なお「荻」はイネ科の多年草本で、和歌では「荻の上風《うわかぜ》」などと雅びに詠まれるが、現実には芭蕉の根を侵すものとして嫌われ、憎まれたのである。季節は「荻の二葉」で春。

茅舎《ぼうしや》ノ感

芭蕉野分して盥《たらい》に雨を聞く夜かな　（天和元年秋、三十八歳、武蔵曲《むさしぶり》）

「茅舎」は茅《かや》葺きの庵《いおり》で、芭蕉庵のこと。季節は「野分」で秋。初五は字余りで、後に「芭蕉野分」と改案したが、句の持つ緊張感が失われてしまったようである。別に同じ題で長い前書きのあるものが残されている。

老杜《ろうと》（杜甫）、茅舎破風の歌あり。坡翁《はおう》（蘇東坡）ふたたびこの句を侘《わ》びて、屋漏《おくろう》の句作る。その世の（遠いむかしの杜甫や蘇東坡が聞いたはげしい）雨を（いまこの庭の）芭蕉葉に聞きて、独寝《ひとりね》の草の戸。

芭蕉野分して盥に雨を聞く夜かな　（同年秋、禹柳《うりゆう》伊勢紀行）

三句目は、次の通り。

ばせをに鶴絵《え》がけるに　賛
鶴鳴くやその声に芭蕉破《や》れぬべし
（元禄二年四月、四十六歳、曽良書留）

曽良の「俳諧書留」によれば、『おくのほそ道』紀行の途中、那須黒羽の光明寺行者堂に残した自画自賛の句である。鶴の声と芭蕉の葉との契合した活殺の気合いが、一句の主調となっている。これも佳句である。

芭蕉葉を柱に懸けん庵《いお》の月
（元禄五年八月、四十九歳、移芭蕉詞）

土芳編『芭蕉文集』所収「移芭蕉詞」の末尾に見える。元禄二年三月に「おくのほそ道」の旅に出発して以来、またそれが終ってからも上方を漂泊していた芭蕉は、元禄四年の十月末にようやく江戸に戻ってきた。新しい芭蕉庵（第三次）が完成したのは翌五年の五月で、芭蕉も五本が移し植えられた。三年半ぶりに芭蕉庵の生活が始まったのである。

この「芭蕉葉を」の句は、定稿と見られる「芭蕉を移す詞」（「芭蕉庵三日月日記」）の別案の一つ、「移芭蕉詞」の末尾にも置かれている句で、どうやら「ともかくもならで」ここに帰ってきたぞという目じるしに、新築成ったこの芭蕉庵の柱に、月見の一興として芭蕉葉を掛けておこうか、と懐かしく興じているのである。なおこの句は「移芭蕉詞」だけで、「芭蕉を移す詞」などには見えない。

この寺は庭一盃《いっぱい》の芭蕉かな　（年月未詳、俳諧曽我）

この句は、土芳編『蕉翁句集』は元禄五年の作とするが、作年次は未詳である。芭蕉晩年の作と推定されるものの、作句の由来は解らない。「盃」は「杯」の俗字。

なお、蕪村には総数二九一一句のうちで、「物書くに葉うらにめづる芭蕉かな」（蕪村句集巻下）の一句のみ。一茶はたまたま「野烏《のがらす》の上手にとまる芭蕉かな」（九番日記）が目についたが、句数過多で調査不能。

ところで、ゆくりなくもこの句についての解釈がふたつ、目にとまった。

（a）きてみれば、この寺は庭いっぱいに広がった芭蕉の葉で、みごとに異国文化の雰囲気を演出してみせていることだ。寺には海外から渡来した蘭や蘇鉄や芭蕉がよく似合う。謡曲「芭蕉」の舞台もまた唐土となっている。芭蕉は別名を緑天ともいい、よく天を覆うように繁茂するのが習性。それを「庭一盃」と俗にいいとったところに俳諧としての工夫がある。季語は「ばせを」で秋。

（b）「庭一盃」とは俳句独特の大げさな表現だが、庭じゅうに茂る芭蕉が目に浮かぶ。芭蕉は中国から伝わった。それが植えてあるだけで南国的な情緒のただよう植物だった。いつどこの寺でよんだかはわからないが、芭蕉がよんだ芭蕉の句。

いったい芸術の解釈や鑑賞や批評は、漱石のいっているように「自己本位」であってよいし、またそうあるべきであろう。それを充分に尊重しながらも、しかし作品からあまりにも遠く隔った解釈や鑑賞や批評は、いかがなものであろうか。

おしなべて芭蕉の書き残した「芭蕉」についての句や文章には、芭蕉が「芭蕉」を通して抱いたと推察されるような中国への憧憬や南国趣味なるものが、どうしても見えて来ない。ただ風や雨に破れ打たれる「芭蕉」をいとおしみ愛する芭蕉の心のみがそこにある、と理会されるだけである。

中国趣味は、むしろ蕪村の句に顕著であるといってよいだろう。海のかなたへの、蕪村特有の浪漫的な心情が、たとえば異国への憧憬とか幻想として詠み込まれているような句が目に留まる。

高麗船《こまぶね》の寄らで過ぎゆく霞かな
ことさらに唐人屋敷初霞
もろこしの山も見ゆらし秋の天《そら》
みよしのやもろこしかけて冬木立《ふゆこだち》

芭蕉の「この寺は」の句は、この句のそのまま、ありのままの描写であり、作句の動因もまた、この句のそのまま、ありのままの感動であろう。芭蕉の感動が、そのまま言葉に定着した、凝固した、十七字になった、そういう句であろう。たとい謡曲「芭蕉」の舞台が楚《そ》の国の山中の破《や》れ寺であったとしても、そのこととこの句とはまったく関係はないだろう。

舞台は「この寺」なのである。したがって「異国文化の雰囲気」も「南国的な情緒」も、この句と直接の関係はない。読者は「この寺は庭一盃の芭蕉かな」という芭蕉の感動を、そのまま共有し、歎ずればよい。そしてその句の中に入り込んで、佳句と感ずれば佳句、駄句と思えば駄句と捨て去ればよい。

作者と一つになる。芸術の鑑賞とは、もちろん批評も、そういうものであろう。芥川龍之介の短篇「沼地」のなかの「私」のように、である。

芸術の鑑賞に知識は不必要であろう。芸術はそれを見る人に、作品みずからと同等の高さにあるべきことを求める。

## 芭蕉と「芭蕉」との交感

芭蕉は、わが身を愛すると同じように、「芭蕉」をこよなく愛していた。「芭蕉を移す詞」はそのあらわれといえるだろう。いささか長い引用になるが、そのこころを探ってみよう。

（前略）いづれの年にや、栖《すみか》をこの境《さかい》（深川）に移す時、ばせを一《ひと》もとを植う。風土芭蕉の心にや叶ひけむ、数株《すしゅ》の茎を備へ、その葉茂り重なりて庭を狭《せば》め、萱《かや》が軒端《のきば》（茅葺きの軒）も隠るるばかりなり。人呼びて草庵の名とす。旧友門人、共に愛して、芽をかき根をわかちて、処々《ところどころ》に送る事、年々《としどし》になむなりぬ。

一《ひと》とせ（ある年、元禄二年）、みちのく行脚思ひ立ちて、芭蕉庵すでに破れんとすれば（人に譲ってしまうことになったので）、かれは（芭蕉の株だけは）籬《まがき》の隣に地を替へて、あたり近き人びとに、霜のおほひ、風のかこひなど、かへすがへす頼み置きて、はかなき筆のすさびにも（ちょっとした別れの挨拶の文にも、芭蕉のことを）書き残し、「松はひとりになりぬべきにや」（西行歌の「ここをまた我が住み憂くて浮かれなば松はひとりにならんとすらむ」）と、遠き旅寝の胸にたたまり（その思いが重なって）、人びとの別れ、芭蕉の名残り、ひとかたならぬ侘びしさも、つひに五年《いつとせ》の春秋を過ぐして、ふたたび芭蕉に（今度は再会の喜びの）涙をそそぐ。（略）

名月のよそほひにとて（中秋名月の興趣を添えるためにと）、まづ芭蕉を移す。その葉七尺あまり、あるひは半ば吹き折れて鳳鳥尾《ほうちょうお》をいたましめ（鳳凰の尾のような葉を傷ましく思い）、青扇《せいせん》破れて風を悲しむ（恨めしく思う）。たまたま花咲けども、華やかならず。茎太けれども、斧に当らず（斧に伐られることもない）。かの山中不材の類木《るいぼく》に比《たぐ》へて、その性《さが》尊し（かの荘子のいう山中の役に立たない木がその性のゆえに伐られずに天寿を全うすることができるように、芭蕉の役立たずの生まれつきもそれに似てまた尊い）。
僧懐素《かいそ》（唐僧の書家）はこれ（芭蕉葉）に筆をはしらしめ、張横渠《ちょうおうきょ》（宋の人）は新葉《しんよう》を見て修学《しゅがく》の力（励み）とせしとなり。予、その二つをとらず。ただその陰に遊びて、風雨に破れやすきを愛するのみ。

（元禄五年八月、四十九歳、芭蕉三日月日記）

芭蕉の「芭蕉」に対する温かな愛情が示されている名文といえよう。現在、三種の異文が残されているのであるから、芭蕉は思いをこめて推敲したであろうことは、充分に察せられる。ところで、竹人の『芭蕉翁全伝』に収められている第三次芭蕉庵再興の記は、短文であって、この「芭蕉を移す詞」の草稿かとも目されているが、その末尾を「我その芭蕉の役（守り役）と成りて、日々破るるをかなしぶのみ」と結んでいる。

「愛する」と「かなしぶ」と、その心情はどう違うのか。芭蕉はおそらくはじめは「かなしぶ」とし、のちに「愛する」と書き換えたのであろう。もちろん「愛する」の方が意にかなったからであろうが、この二つの心情にどのような差があるのだろうか。

「かなしぶ」は、身にしみていとしいとか、切ないほど可愛いとかいう意味から「愛しぶ」とも表記され、「かなしぶ」とも「いとしぶ」とも読めるだろう。「多摩川にさらす手作りさらさらに、何ぞこの児のここだかなしき」（多摩川でさらす手作りの布のように、どうしてこの児がこんなに愛しいのだろうか）（万葉集巻十四相聞）などである。

芭蕉の「愛するのみ」と「かなしぶのみ」とは、同じ心情と解してよいだろう。おそらく芭蕉は芭蕉葉の破れ易きことを、わが身になぞらえて終生愛していたのである。

百骸九竅《ひやくがいきゆうきよう》の中《うち》に（わが体内に）物有り。かりに名付けて風羅坊といふ。誠にうすものの、風に破れ易からんことをいふにやあらむ。かれ（この風羅坊は）狂句を好むこと久し。終《つい》に生涯のはかりごと（生活手段）となす。

（貞享四年、四十四歳、笈の小文）

このような、わが身を雨風に破れやすい芭蕉になぞらえ、また雨風に破れやすい芭蕉をわが身に受け入れようとする自覚は、俳諧を「只此の一筋」として生きようとする決意ともに、芭蕉のなかにはすでに芽生えていたのである。もちろんこの『笈の小文』の「風羅坊」を、単なる比喩などと解しては大きく誤るであろう。

芭蕉にとって、「芭蕉」は、まさしく破れやすきがゆえにかなしび、かつ愛すべき友であったが、しかしまた同時に、この「芭蕉」は、雨の日も風の日も旅行く「旅人芭蕉」であったのである。

## 四　枯野に死す――「翠」という本卦

### 最後の旅へ

元禄七年（一七九四）の秋七月中旬に、支考とともに編集にたずさわっていた七部集最後の俳諧選集『続猿簑』がほぼ完成すると、九月八日には早くも芭蕉は、何ものかに急《せ》かされるかのように、大坂《おおざか》に旅立ち、九月二十九日に発病するまで、夜ごと俳席をもうけては、新しい蕉風の理念としての「軽み」の実践指導をしながら、遂に十月十二日に病歿したのであった。

かつて「無能無才にして、只此一筋につながる」といった芭蕉にふさわしい最期であった、と一応はいえるだろう。が、しかし疑問が残る。芭蕉はなぜ大坂にいったのか、大坂に、いかなる風雅の魔神の招きがあったのか。

行く秋や手を広げたる栗の毬《いが》

難波より迎えの音信がしきりにくるので、黙っているわけには行かないと、伊賀を出て大坂に立つという、その三日前の九月五日の吟である。出立をためらう芭蕉と、それを引き留めようとする栗の毬との交感が、切ない吟詠の一句になって、ここにある。死への旅立ちとなるかも知れない大坂行きの別れを、小さな手をひろげたような栗の毬が引き止めているのである。それにしても、なぜこのような淋しい句を詠んだのか。

俗に「虫の知らせ」などというが、これは芭蕉の死の予感であったかも知れない。已れの天命としての「途中の死」、「ながらの死」の到来を、芭蕉は感じていたのかも知れない。別れを惜しむかのようにひろげている栗の毬は、旅立とうとする芭蕉を引き止める芭蕉自身の手だったかも知れない。

麦の穂を便りにつかむ別れかな　翁　（路通・芭蕉翁行状記）

これが最後の別れとなるとは知らぬ旅立ちを、品川の駅《うまや》まで見送りに来た門弟たちに、駕籠のなかから示した留別吟である。二つの句の心は共通しているであろう。

いずれにせよこれ以後に詠まれた句には、死を予感しながら、しかもそれに抗《あらが》いえないような、いわば「俳諧の単独者」としての冷え冷えとした淋しさがつよく感じられる作が目立つ。

## 大坂にて

元禄七年九月八日、又右衛門（兄半左衛門の養子で末妹およしの夫）、次郎兵衛（寿貞尼の実子）とともに伊賀発。この日、奈良で一泊する。

菊の香や奈良には古き仏たち

びいと啼く尻声悲し夜の鹿

同月九日、奈良を立ち、生駒山の南、くらがり峠を越えて、大坂に入る。この夜、洒堂《しゃどう》亭に泊まる。のちに之道《しどう》亭に移る。理由はわからない。「ちからなき御宿申せし時雨かな」（木がらし）という之道の句が残されている。

同月十日、杉風宛に書簡をしたためる。

拙者、先《まず》は無事に長《なが》の夏を暮らし、漸々《ぜんぜん》（だんだんと）秋立ち候ひて、傾日《けいじつ》（近ごろは）夜寒の比《ころ》に移り候。いかにも（ぜひとも）秋冬の間、恙《つつが》なく暮らし申すべきやうに覚え候間、少しも御気遣ひ成さるまじく候。追付《おっつ》け参宮（伊勢参り）心がけ候間、先づ大坂へ向け出《い》で申すべく、去る八日に伊賀を出で候ひて、重陽《ちょうよう》の日（九月九日）南都（奈良）を立ち、則ちその暮大坂へ至り候ひて、洒堂方に旅宿、仮《かり》に足をとどめ候。

この書簡で、芭蕉が伊勢参宮を心がけていたことが知られる。そしてその前に大坂に出掛けたというのである

ところが健康に注意していたという芭蕉は、十日の晩方から寒気を覚えて、発熱、頭痛に襲われ、同じ症状が二十日頃までつづいて毎晩繰り返すことになる。しかしそれを押して、芭蕉はその後も俳席を設けては句会を続ける。

同月十三日、この日も病気不快に陥り、畦止《けいし》亭十三夜月見の会に出席の予定を取り止め、翌十四日、畦止亭で、前夜の月見の名残りをつぐなって、七吟歌仙を巻く。

同月十九日、其柳《きりゆう》亭で八吟歌仙の興行あり。連衆は、芭蕉・其柳・支考・洒堂・游刀《ゆうとう》・惟然《いぜん》・車庸《しやよう》・之道。

同月二十一日、車庸《しやよう》亭で七吟歌仙興行。連衆は、芭蕉・車庸・洒堂・游刀・之道・惟然・支考。

　　秋の夜を打ち崩したる咄《はなし》かな

秋の夜の寂しさを和やかな談笑が崩してしまった楽しい集いであるよの意とされるが、和気《わき》藹々《あいあい》としているようで、またひとり取り残されているような、寂しさや虚しさといった複雑な心

情のからみ合った、それだけに分かりにくい句ではある。
その分かりにくさは、次の書簡二通で具体的に語られるであろう。
九月二十三日、兄半左衛門宛に書簡をしたためる。そのなかに、こうある。

十日の晩より震ひ（震えが）付き申し、毎晩七ツ時（午後四時頃）より夜五ツ（午後八時頃）まで、寒気、熱、頭痛参り候ひて、もしや瘧《おこり》（間歇熱、多くはマラリヤ）になり申すべきかと薬給《た》べ候へば、二十日ごろより、すきと止み申し候。（略）いまだ逗留も（いつまでかとも）知れ申さず候へども、長逗留は無益《むやく》のやうに存じ奉り候間《あいだ》、二三日中に長谷、名張越えにて参宮申すべくと存じ奉り候。

同日、意専（猿雖）・土芳連名宛にも書簡を書く。芭蕉は何ものかに対して、不快感というよりも、むしろ随分腹を立てているようである。

参着以後、毎晩々々震ひ付き申し候ひて、漸々頃日《ようようけいじつ》（だんだんと近頃は）常の通りに罷《まか》り成り候。爰元《ここもと》（わたくし）追っ付け立ち申すべく候。長居無益がましく存じ候ひて（長居は無用のように思われますので）、早々《そうそう》看板破り申すべく候。随分人知れず密《ひそ》かに罷りあり候へども、何かと事やかましく候ひて、もはや厭《あ》き果て候。（略）

秋　暮

この道を行く人なしに秋の暮

しみつくような孤独感が、暮秋の夕方の道を歩いてゆく。

二十五日、芭蕉は大坂で反目し合っている洒堂・之道両人の仲裁役となって、両門の連衆が一堂に会して俳諧を興行する「打込み」の俳席を設ける。

ここに来て、芭蕉が大坂に来た目的がはっきりしてくるだろう。「看板破り」とは、大坂における一門の、洒堂と之道との派閥争いを収めるための看板で、それを下ろすというのである。

この日、芭蕉は正秀宛に書簡を書いている。正秀は膳所藩士で、貞享二年に芭蕉に入門。近江蕉門の長老のひとりである。

之道・洒堂両門の連衆、打ち込みの会（合同の句会）相勤め候。これより外に拙者働きとても御座なく候。（略）

洒堂が、予が枕もとにていびきをかき候を、

床に来て鼾《いびき》に入るやきりぎりす

洒堂の無遠慮で不風流な、礼儀を弁えぬ人物であることを、それでも優しく許している芭蕉の

まなざしがこの句によく表われている。

また同じ日に、曲翠宛にも書簡を書く。曲翠はやはり膳所藩士で、きわめて親密な交友関係を持ち、伯父幻住老人が隠棲していた幻住庵を改修して、『ほそ道』の旅を終えた芭蕉にひとまずの憩いの場として提供したことは、周知のところである。大坂行きも、曲翠からの是非ともという依頼であった。


さて洒堂一家《いっけ》衆、其元《そこもと》（曲翠を指す）御衆、達《たつ》て（どうしてもと）御すすめ候につき、わりなく（仕方なく）杖を曳《ひ》き候。おもしろからぬ旅寝の躰《てい》、無益の歩行、悔《くや》み申すばかりに御座候。まづ伊州（伊賀）にて山気にあたり、到着の明くる日より寒き熱、晩々に襲ひ、やうやう頃日《けいじつ》、常の持病ばかりにまかり成り候。此元《ここもと》（わたくしは）追っ付け発足仕《ほっそくつかまつ》るべく候。（略）まづ大寒の至らざる間に伊勢まで参り候ひて、その後勝手に仕るべく候。（略）

　此の道を行く人なしに秋の暮

このような書簡をしたためながらも、なお門人たちを見捨てることはできなかった。芭蕉は憩う間もなく俳席を続けるのである。

九月二十六日、大坂の新清水の料亭「浮瀬《うかむせ》」で十吟半歌仙（表十八句）を巻く。即ち十人の会席である。芭蕉、泥足、支考、游刀《ゆうとう》、之道、車庸、洒堂、畦止《けいし》、惟然、其柳。

芭蕉に吟あり。

旅懐

此《この》秋は何ンで年よる雲に鳥

これも名句である。

九月二十七日、園女《そのめ》亭で九吟歌仙。芭蕉、園女、之道、一有《いちゆう》、支考、惟然《いぜん》、洒堂、舎羅《しやら》、何中《かちゆう》。

九月二十八日、畦止《けいし》亭において七人が七種の恋を結び題（「初春霞」「雪中子日」「旅宿夜雨」のように二つ以上の事柄を結び付けた句題）として即興。芭蕉、洒堂、支考、惟然、泥足、之道、畦止。芭蕉は病中を押しての出座であった。

畦止亭において即興。　月下送児

月澄むや狐こはがる児《ちご》の供　芭蕉

翌くる二十九日から以後は病床に臥したまま、もはや立つことはなかった。芭蕉は「看板を破る」ことなく、看板どおりの役目を果したわけである。

九月二十九日の夜催される芝柏亭《しはく》での俳席のために、発句を一句送り届ける。

秋深き隣は何をする人ぞ

この夜より泄痢《せつり》（下痢）を催して臥床。その後、日を追って悪化する。

十月五日、之道宅より「南御堂の静かなる方」に病床を移す（支考・追善之日記）。

十月八日、深更に一句あり。看護の呑舟に墨をすらせて、口授して筆記させる。

病中吟

旅に病《やん》で夢は枯野をかけ廻《めぐ》る

十日、兄半左衛門宛に自筆の遺書を書く。

御先に立ち候段、残念に思し召さるべく候。如何様共《いかようとも》又右衛門（兄半左衛門の子）便りに成され、御年寄られ、御心静かに御臨終成さるべく候。爰《ここ》に至って申し上ぐる事御座なく候。市兵衛、次右衛門、意専老を初め、不レ残（残らず）御心得頼み奉り候。中にも十左衛門殿、半左殿、右の通り。ばばさま、およし、力落し申すべく候。以上。

十月

桃青　書判

松尾半左衛門様

新蔵は殊に骨折られ忝く候。

ほかに遺状三通を、支考に口述、書写させる。

十月十二日、申の刻（午後四時頃）に歿する。ちなみに、芭蕉の干支は甲申《きのえさる》であった。

## 大坂行きと伊勢参宮と

結局、大阪行きは芭蕉の命を縮める主因となったといえよう。その元凶は、之道と洒堂との不和に端を発する。

洒堂はもともと近江膳所在住の医師で、元禄二年、『おくのほそ道』の旅を終えた芭蕉の知遇を得て入門し、句作の指導を受けていたが、その才覚を認められて、早くも俳諧七部集の第四集『ひさご』（元禄三年八月刊）の編集を任されるまでになった。

さらに芭蕉は「洒落堂記《しやらくどうのき》」（元禄三年三月）に、珍夕《ちんせき》（洒堂の前号）が、洒落堂と名付けた自分の住居の門に戒幡《かいばん》（自戒の旗）を掛けて、「分別《ふんべつ》の（世俗の知恵にたけたものが）門に入るを許さず」と書いてあることを、その脱俗の覚悟を表わしたものとして高く賞讃している。「分別の」云々の言葉が、禅寺の門際に立てられた戒壇石に刻まれてある「葷酒《くんしゆ》（ニラやニンニクなどの臭い野菜や酒が）山門に入るを許さず」のパロディーであることは、いうまでもあるまい。

洒堂は医家を職業としたといわれるが、その生没年は分明しない。元文二年（一七三七）歿で、七、八十歳かという。七十歳とすると二十五前後、八十歳とすると三十五前後である。その中間を取れば、三十歳前後というところであろうか。若さゆえの野望も自信もあり、また怖いもの知らずでもあったのであろう。

洒堂は元禄五年に江戸に下り、九月から翌年の一月まで、新装成った深川芭蕉庵に食客として同居して俳諧の指導を受け、二月に帰郷するや、点取宗匠として一旗あげようと志し、夏ごろに膳所から大坂に移住した。俳号を「珍碩《ちんせき》」から「洒堂」に改めたのは、このころと推定される。

芭蕉は洒堂のこの大坂移住のことを知って、元禄六年の夏、その前途を危うんで謙虚になれと戒めた。

湖水の磯を這ひ出でたる田螺《たにし》、蘆間の蟹のはさみをおそれよ。牛にも馬にも踏まるる事なかれ。

難波津や田螺の蓋も冬ごもり　　芭蕉　　（市の庵）

「湖水」は琵琶湖、「田螺」は洒堂自身、「蘆間の蟹」は大坂の俳人たちの比喩。心して身をつつしみ、夏ではあるがじっと冬ごもりせよ、という老婆心である。

しかしながら芭蕉の老婆心とは裏腹に、間もなく門人も十人ほどになった。丈草（尾張犬山藩士、元禄二年入門、六年近江に移り木曽塚無名庵に住する）が、その大坂の新居に酒堂を訪ねた時は、「競《きお》ひ集まる門下の人びとを携えて」出迎えたと驚いている（仲秋翫月雑説）。その芭蕉も後には杉風宛書簡（元禄七年六月三日付）に、「珍夕《ちんせき》（酒堂のこと）段々（次第に）歴々の弟子ども募《つの》り候ひて繁昌いたし候」（社会的な地位のある門人たちを募集して繁昌いたしております）などと、これは歓ばしげに書き送ってもいる。

ところが、大坂にはすでに古くから在住の之道《しどう》という同門の先輩がいた。酒堂はそれを無視して大坂移住を決めたのである。失礼といえば、これほど失礼なことはあるまい。

之道（のち諷竹）の経歴についても、元禄元年に芭蕉に入門したとする以外に、大坂の商賈《しょうか》（行商でなく店を構えて商なう人）であったろうとするほかは、よく判らない。歿年が宝永五年（一七〇八）で享年五十四歳か、とされるところから逆算すると、元禄六年当時は三十八歳前後、四十近い年齢と考えられる。したがって大坂蕉門の古参として知られ、またその自負も意地もあったと思われる。

若い酒堂は、師の忠告を無視した。同門ながら先輩でもある大坂在住の之道との間に、軋轢の生じたのは当然である。二人は別々の方面から芭蕉に接近するようになった。しかもただそれだけではなく、芭蕉にも次第に二人の争いの余波が、すくなからず及ぶようになったのである。次の書簡には、二人のえげつない競争心の一端がうかがわれるだろう。

珍夕《ちんせき》連中よりも京都へ飛脚音物《いんもつ》（特別便の贈り物）など相勤め、大坂へ招き、いろいろ願ひ申し候。珍夕・之道両人、さまざま願ひ候間、暑気去り候はば、しばしの逗留に（大坂へ）下り申し候事も御座あるべく候。

（杉風宛、元禄七年六月三日付書簡）

またほかにも「大坂之道・洒堂両門人、別々に京まで飛脚音物指越《さしこ》し」（杉風宛、元禄七年六月二十四日付書簡）などとも見える。贈り物攻めである。芭蕉をいち早くわが一門に招いて、相手よりも優勢に立とうという下心が透けて見える俗人の計らいである。

芭蕉もそのことを敏感に察知していたであろう。とくに目を掛けて可愛がっていた洒堂の俗物的な生き方に、絶望的な悲哀を感じていたことでもあろう。このことは、すでに元禄六年六月［?］九日付で洒堂に言い送っている厳しい叱責の言葉で知られる。

このごろは少《ち》と利発心も指し発《さ》《おこ》り候にやと相見え候。さる冬中（前年九月から今年一月までの芭蕉庵での居住を指す）、拙者異見の通り行なはず候はば、三神《さんじん》を以って（和歌の三守護神の名において）、通路を絶つべく候（破門するであろう）。以上

之道・洒堂ら大坂の門人たちの不誠実さは、元禄七年八月九日付の去来宛書簡でさらに明らか

になる。さすがの芭蕉も怒りを隠しえない。

大坂より終《つい》にいち一左右《いちさう》此れ無く（洒堂からも之道からも、とうとう一言の連絡もなく）、さてさて不届き者ども。さながら打ち捨て候も大人しからず（大人気ないと）と存じ候ひて、頃日《けいじつ》（さきごろ）是より洒堂まで案内いたし候へば（わたくしの方から事情の詳細をたずねたところ返事は無く）、車庸方より早々《そうそう》待ち申すなどと申し来《きた》り候。一円（まったく）心得がたく候間、名月（九月十五夜）過ぎまづ参宮と心懸け、九月の御神事拝み申すべくと存じ候。

芭蕉は、大坂行きそのことには必ずしも積極的ではなかったかも知れない。しかしながらそのころ新しくたどりついた「軽み」の理念をひろめようとする期待があったであろう。

大坂での俳諧の席でも、門人たちとのあいだに他人のような、何がなし深い違和感を抱いてしまうような、そのようないいしれぬ孤独感をただよわせている芭蕉であったことは、先きに見た通りであるが、それにも耐えて己れの夢を定着させたいという熱心な期待と願いはあったと察せられる。しかしそれも大坂ではどうやら実現の可能性が薄そうである。

実は芭蕉は伊勢に行きたかったのである。このころの書簡には、伊勢参宮のことが、しきりに、あたかも訴えるかのように、また自分に言い聞かせるかのようにしたためられている。東に向うべきを西に向ってしまった芭蕉の、門弟を思う優しさが、みずからの運命をも変えてしまったように思われてならない。

病中吟
旅に病《やん》で夢は枯野をかけ廻《めぐ》る　翁

芭蕉は、「ながら」の旅の、その「途中」で、これも仏のいましめ給へる「妄執」といいながら、しかもなお「風雅の上に死なん身の、道を切に思ふなり」と言い残して、五十一年の生涯を、夢のかけ廻る枯野に終えたのである。

ここに来て、改めて易にいう芭蕉の「萃《すい》」という本卦《ほんけ》のことを思い起す。鎌倉円覚寺の大巓和尚は芭蕉の本卦を筮占《ぜいせん》して、「これは一本《ひともと》の薄《すすき》の、風に吹かれ雨にしほれて、憂き事の数々しげく成りぬれども、命つれなく、からうじて世にあるさまに譬《たと》へたり。（略）その身は潜《ひそ》かならんとすれども、かなたこなたより事つどひて、心ざし安んずる事なしとかや」と判じたのであった（其角・芭蕉翁終焉記）。この筮卜《ぜいぼく》は案外あたっているといえそうである。

もう一つ、記しておこう。其角の『芭蕉翁終焉記』も、支考の、『笈日記』も、いずれも十月十四日に行なわれた埋葬式に「招かれずして馳せ来る者」は三百余人と伝えている。しかしながら拈香者《ねんこうしゃ》として列挙された京、大坂、大津、膳所などの連衆のなかに、之道はあるが洒堂の名は見えない。また十八日（初七日）に行なわれた「追善之俳諧」の会衆四十三人のなかに、之道の出吟四句は数えられるが、ここにも酒堂の名は見られない。何かの事情によるか、それとも性格なのか。知る由もない。

　思えば芭蕉は孤独であった。これに「終生」という言葉を付け加えてもよい。「此秋は何ンで年よる」と問いながらも、問いかける友は「雲に鳥」であった。あるいは「雲に鳥」でしかなかった。土芳は『三冊子』に、「この句、難波にての句なり。この日朝より心にこめて、下《しも》の五《いつ》文字に寸々の腸《はらわた》をさかれしなり」と書いているが、遂に芭蕉の友は「俳諧」だったのである。あるいは「俳諧」でしかなかったのである。

　一茶にはそれでも「雪五尺」の「つひの栖」があった。しかし芭蕉には、はてしない夢の駆けめぐる枯野がひろがってあるだけだった。それが他ならぬ芭蕉の「栖」だったのである。

二の記

# 画人蕪村

# 一　芭蕉への回帰──俳諧の趣味化

## 文化と歴史

文化の発達は、文化の大衆化でもある。そして文化の大衆化は、しばしば文化の劣化をもたらすであろう。

俳諧の領域でも、その傾向は免れえなかった。江戸も中期になると、俳諧は趣味として、教養の対象（物識りの種）となった。あれかこれかではなく、あれもこれもである。

点取《てんとり》俳諧は、世の中の経済的な発展に伴って、いわゆる旦那芸を生む母胎となり、かつての「風雅の誠を責める（追窮する）」という求道《ぐどう》的な菰《こも》かぶりの精神は廃れて、多くのディレッタント（趣味人）を輩出させた。

すでに芭蕉は、近ごろは「点取りに昼夜を尽くし、勝負をあらそひ、道を見ずして、走り廻るもの有り」と歎き、「風雅のうろたへもの」と呼びながらも、それでも「点者《てんじゃ》（評点をつけて作品を判定する判者）の妻子腹をふくらかし、店主《たなぬし》（大家）の金箱を賑は」すのだから、「ひが事する」よりはまだ増しだろう、などと、皮肉めいていっている（元禄五年二月一八日付曲水宛書簡）。

いわゆる「芭蕉に帰れ」とは、誰がかかげたスローガンであったか、そして蕪村やその一派がそれをどのように受けとめたかは別として、それはたんに芭蕉の過去が懐かしいというだけではなく、むしろそれとは逆に、俳諧の現状にあきたらない者が発した、未来へ向っての叫びであったとしても、所詮はマス・コミ的なかけ声に過ぎなかった。人びとは、町人という社会的な身分を捨てることなしに、博学多識を誇る好事家《こうずか》（物好き）となって、学問を趣味として楽しんだ。

その顕著な例が、漢詩を中心とした漢籍趣味の流行である。そしてそれはやがて伝奇趣味や怪異趣味を生み出す。たとえば建部綾足《たけべのあやたり》の『本朝水滸伝』（安永二年［一七七三］刊）や上田秋成《あきなり》の『雨月物語』（安永五年［一七七六］刊）がそれである。俳諧では蕪村の、発句に漢詩や漢文直訳体を交えた俳詩「春風馬堤曲《しゆんぷうばていきよく》」（安永六年［一七七七］刊）が、ただちに思い浮かぶ。

過ぎた時間がもはや戻らないように、歴史は再び昔に帰ることを許さない。この「芭蕉に帰れ」という合言葉そのものが、すでに精神の緊張の弛緩した「趣味」となるという現象も、歴史のもたらす必然であるだろう。

蕪村を芭蕉とならべて、あるいは蕪村自身が表明しているように、芭蕉につながるものとして評価することは、むしろ蕪村や芭蕉への理解を誤ることにもなるであろう。が、あえて一言すれば、芭蕉は歴史を逆行してむかしの風雅に痩せた。すなわち西行や心敬、宗祇の裔《えい》であり、蕪村はその危険を避けていまの風雅を趣味とした。すなわち定家やその頽落態の其角の流《りゅう》であった。

## 蕪村の芭蕉回帰の実際

芭蕉は元禄七年（一六九四）十月十二日に病歿した。蕪村は享保元年（一七一六）に生まれた。生月日は未詳。五十二年の隔たりがある。その長い年月を経て、時代はどのように移り、二人はどのように出会ったか。

蕪村が芭蕉に強い関心を示すようになったのは、どうやら蕪村六十歳ころからである。煩瑣ではあるが、芭蕉に関係した蕪村の句を拾ってみよう。

安永五年（一七七六）以前、六十一歳以前。

　　笠着てわらぢはきながら

芭蕉去《さり》てそののちいまだ年暮れず

　芭蕉が死んで後、新しい俳諧はいまだ興ろうともしない、の意。芭蕉の後継者がいないことを暗に示し、我こそはの自負心を詠み込んでいるか。

　ただし芭蕉句「年暮れぬ笠着てわらぢはきながら」の「ながら」の旅を、蕪村は理解しまた現実に実践してはいない。つまり忘れている。

安永五年四月二十六日（推定）。六十一歳。

洛東のばせを庵にて、目前のけしきを申し出ではべる

蕎麦悪しき京をかくして穂麦かな

芭蕉翁は、「蕎麦切りと俳諧は都の土地に応ぜず」（雲鈴「蕎麦切頌」『本朝文選』所収）といったそうだが、ここでは穂麦がのびていることだ、の意

安永六年九月二十二日、六十二歳。

洛東ばせを庵にて

冬近し時雨の雲もここよりぞ

冬も間近である。あの時雨を降らした雲もここ金福寺《こんぷくじ》芭蕉庵より起るだろう、の意。蕪村の「歳末弁」に、「としくれぬ笠着てわらじはきながら、片隅によりて此の句を沈吟し侍れば、心もすみわたりて、かかる身にしあらば（自分がこのような境涯であったならばと）いと尊く、我がための摩呵止観ともいふべし。蕉翁去《さり》て蕉翁なし。とし又《また》去るや又来《きた》るや」とある。

芭蕉には「旅人と我名よばれん初時雨」など時雨の句は多い。芭蕉忌をまた時雨忌ともいうことは周知であろう。「蕉翁去て蕉翁なし」云々には、ここに蕪村あり、

われこそ後継者なり、とする蕪村の気概が読みとれる。

安永六年十月、六十二歳。
金福寺《こんぷくじ》芭蕉翁墓
我も死して碑に辺《ほと》りせん枯尾花

わたくしが死んだらこの芭蕉翁の碑の辺りに葬られよう、枯れたすすきのように、の意。ただし「碑の辺り」に注意。これは碑であって芭蕉の墓ではない。芭蕉の墓は大津膳所《ぜぜ》の義仲寺にある。ここは再建された芭蕉庵の、しかも牆外《しょうがい》（垣根のそと）である。

芭蕉句の「ともかくもならでや雪の枯尾花」は、元禄四年（一六九一）十一月に奥の細道の旅を終えて、二年半ぶりに江戸に帰った芭蕉の、訪れた旧友門人たちへの挨拶句である。其角はこの句の「枯尾花」を借りて芭蕉の追悼集（元禄七年刊）の題名に付けている。

夜半翁三世几董《きとう》の「夜半翁終焉記」に、「遺骨は金福寺なる芭蕉庵の牆外にとりおさめ、かたの如く卵塔をたて、永く蕉翁の遺魂に仕へ奉らしむ。我も死して碑に辺りせん枯尾花と、かねて（かねがね）此の山の清閑幽景をうらやまれしかば」云々と見える。前の句の「冬近し」と同趣である。ただし「碑の辺り」として、「墓の辺り」を暗に避けているかのように見える。

天明元年（一七八一）二月、六十六歳。

畑《はた》うつやうごかぬ雲もなくなりぬ　　芭蕉庵会

畑を耕す手を休めてふと仰ぐと、いつのまにか雲も消えて、青い空は静かな春の陽光に満ちている、の意。

安永五年四月、洛東一乗寺村にある金福寺の境内に芭蕉が一時住んだという口碑《こうひ》（言い伝え）によって、蕪村一派がその芭蕉庵を再興して写経社という結社を結んだ、その芭蕉庵における月並（実は夏秋二回）の会の作。一門の将来を祝した句のようにも読める。

天明元年五月二十八日。

耳目肺腸《じもくはいちょう》ここは玉巻くばせを庵　　洛東芭蕉庵落成ノ日

俳諧における我らの将来は、全身全霊をこめたここの芭蕉庵で、巻いたみずみずしい芭蕉葉が開くように、洋々と開けるだろう、の意。

「耳目肺腸」は、身（耳目）と心（肺腸）、すなわち全身のこと。

## 芭蕉への追慕

芭蕉への追慕が明確になるのは、ほぼ安永五年（一七七六）ごろからのように判断される。それは金福寺境内に芭蕉庵を再建する計画を立てたことで、さらに具体的にあらわれて見える。これも煩瑣ではあるが、以下にその実際をたどることにする。

安永五年、蕪村六十一歳。
四月、樋口道立《どうりゅう》の発起により、洛東一乗寺村金福寺境内の芭蕉庵再興を企て、写経社を結成する。
五月十三日、「洛東芭蕉庵再興記」を草する。

四明山下の西南一乗寺村に禅房あり、金福寺といふ。土人《どじん》（土地の人）口称して芭蕉庵と呼ぶ。階前より翠微《すいび》（山すそ）に入ること二十歩、一塊《いっかい》の丘あり。すなはちばせを庵の遺跡なりとぞ。（略）そもそもいつの比《ころ》より、さは（その遺跡を芭蕉庵と）となへ来たりけるにや。草かる童、麦打つ女にも、芭蕉庵を問へば、かならずかしこを指す。むべ（なるほど）古き名なりけらし。（略）しかはあれど、此のところにて蕉翁の口号《くちずさみ》なりと、世にきこゆる（句）もあらず。まして書い給へるものの筆のかたみだになければ、いちじるく争ひはつべしとも覚えね（はっきりと論証できるとも思われない）。（略）よしや（ままよ）、さは（滅びたものは）追ふべくもあらず。ただかかる勝地（美しい土地）に、かかる尊《たと》き名ののこりたるを、あいなく（むやみに）打ち捨ておかんこと、罪さへおそろしく侍れば、やがて（すぐさま）同志の人々を語らひ、形の如くの一草屋《そうおく》を再興（しようと計画）して、ほととぎす待つ卯月のはじめ、小鹿啼く長月のすゑ、かならず此の寺に会して、翁の高風を仰ぐこととはなりぬ。再興発起の魁首《かいしゅ》（発起人）は自在庵道立子《どうりゅうし》なり。道立子の大祖父（曾祖父）坦庵先生は、蕉翁の（芭蕉が）もろこしのふみ（漢学）学びたまひける師におはしけるとぞ。されば道立子の今この挙《きょ》（計画）にあづかり給ふも、大かたならぬ（並々ならぬ）宿世の契りなりかし。

安永丙申五月望前二日（十三日）

平安　夜半亭蕪村慎《つつし》ミテ記ス

このように読んでくると、この芭蕉庵再興の挙は、趣味人の「遊び」であったかのように思われてくる。どうやらこの企ては、はじめから天明期の文人たちの遊興事だったのである。

計画された芭蕉庵なるものは、発議が安永五年四月（蕪村六十一歳）、完成は天明元年五月二十八日（蕪村六十六歳）、したがって五年と一ヶ月余りの年月を経ていることになる。なお発起人道立の曾祖父坦庵が、京都時代の芭蕉の漢学の師であったとは、誤伝である（中村幸彦「芭蕉と伊藤坦庵」、「かつらぎ」昭三二・二）。

安永七年（一七七八）、六十三歳。

五月、『野ざらし紀行図巻』一巻、六月、『奥の細道図』一巻を描く。

天明元年（一七八一）、六十六歳。

五月二十八日、芭蕉庵完成、「洛東芭蕉庵再興ノ記」を改めて揮毫し、金福寺に寄進する。

天明二年（一七八二）、六十七歳。

十月十二日、金福寺芭蕉庵にて芭蕉忌を営む。

天明三年（一七八三）、六十八歳。

一月、義仲寺の襖八枚に「衡岳露頂図」を描く。衡岳《こうがく》は中国湖南省中部にある名山。衡山とも、南岳とも。

三月二十三日、暁台主催の芭蕉百回忌鳥越追善俳諧興行を後援する。

十二月二十五日未明に歿。


蕪村の行実や作品を見るかぎり、芭蕉への崇拝や回帰には、その意図と実際との間に大きな隔たりがあるように感じられる。あえて臆断すれば、蕪村は芭蕉の才能を願ったのではなく、芭蕉の名声を欲したのではなかったたか。

そのことは、もちろん蕪村の個人的資質によるものであるかも知れないが、それよりもなおいっそう考えられることは、ひとつには芭蕉と蕪村との間の、元禄と天明という時間的な隔たりであり、その時間的な隔たりが、おそらく芭蕉と蕪村との宗教的なものと耽美的なものとの隔たり、いわば求道と趣味という差を作り出しているのである。

そしてふたつには、江戸と京大坂という空間的な地域差であり、その空間的な地域差がもたらす生活感覚のギャップが、あるいは一所不住という生き方と一所止住という生き方との相違をもたらしているのである。

住みつかぬ旅のこころや置炬燵　芭蕉
うづみ火や我がかくれ家も雪の中　蕪村
この秋は何で年よる雲に鳥　芭蕉
門を出《いず》れば我も行く人秋のくれ　蕪村

蕪村は、「この秋は何で年よる」と「雲」や「鳥」に話しかける「行く人」ではなかった。人生の「門」を出ることなしに、道を「行く人」たちを門にたたずんで「見ている人」であった。

蕪村はあくまでも画人であった。画人の目で物（自然や人事）を、距離をおいて観察した。いわば「人生の従軍記者」のように、みずからは舞台で演ずることなく、座席に坐したままの観客であった。そして具体的な背景を持たぬ、非現実的な、いわば定家的な観念美を作り出したのである。

これらのことは、いうまでもなく、倫理的な善悪の問題、ヒューマニズムの問題などでは、決してありえない。さきに述べたとおり、これは芭蕉と蕪村との資質の差であるとともに、芭蕉と蕪村とがそれぞれに生きた時代の思想や文化の、どうしようもない隔たりによるものであると考えられて然るべきであろう。

## 二　虚と実――生を写すということ

### 詩と言葉

蕪村は画人の目を持った俳人でった。

蕪村は、自然を、自分の前に自分と相対して置かれている存在（物）として、心ではなく目で見た。いわば自然は、蕪村とは距離を持った対象（オブジェクト）であった。

そこでは物としての自然と、主体としての蕪村が、さらにいえば自然の命と蕪村の命が、二元的に相対立している。あたかもルネ・デカルト（一九五六〜一六五〇）以来の近代科学精神が、自然を理性の光に照らして観察したように、蕪村は自然を画人の目で見た。

自然は蕪村にとって俳諧の材料（三人称的存在）であったとしても、必ずしも友だち（二人称的存在）ではではなかった。そして蕪村は、蕪村流の俳諧世界を創造したのである。その意味で蕪村は「近代的」であったといえるかも知れない。

他方では、それと対比して、芭蕉の「造化にしたがひ、造化にかへれ」(笈の小文)という言葉が思い出される。また土芳の伝える「松の事は松に習へ、竹の事は竹に習へ」(三冊子)という言葉が思い出される。さらには斎藤茂吉(一八八二〜一九五三)の「写生論」が浮かんでくる。

明治四十四年に、「短歌は直ちに『生《いき》のあらはれ』でなければならぬ。従ってまことの短歌は自己さながらのものでなければならぬ。一首を詠ずればすなはち自己が一首の短歌として生まれたのである」(童馬漫語・四)と書いた斎藤茂吉は、大正九年にいたって「短歌における写生の説」(「アララギ」四月〜一一月)を発表した。その第四「『短歌と写生』一家言」には、茂吉の写生説がくりかえし熱っぽく語られている。

実相に観入して自然・自己一元の生を写す。これが短歌上の写生である。」

自然を歌ふのは性命を自然に投射するのである。(略)自然を写生するのは、すなわち自己の生を写すのである。」

実相観入によって自然自己一元の生を写す。これが歌の上の写生で、写生は決して単なる記述ではない。」

言葉に存在を持たせるか、あるいはその反対に言葉から存在を切り離すかは、言葉の芸術(詩)

において最も重要な課題であろう。

言葉のもつ意味（描写）を捨てて、ただ言葉と言葉の生み出すそこはかとなく漂うイメージ（心象）を求めて詩を制作しようとした詩人に、フランス象徴詩派の始祖、とはいえないまでも先駆の役割を果したポール・ヴェルレーヌ（一八四四〜一八九六）がいる。

ヴェルレーヌは「雄弁を捕えてその頸を締めよ」、「色彩ではなくただニュアンスを」、「何よりもまず音楽を」（「詩法」）と主張して、「秋の日の／ヴィオロンの／ためいきの／身にしみて／ひたぶるに／うら悲し」とうたわれる「秋の歌」（上田敏は「落葉」と訳している）や、「都に雨の降るごとく／わが心にも涙ふる／心の底ににじみいる／この侘びしさはなにならむ」で始まる「都に雨の降るごとく……」（鈴木信太郎訳）といった、漠とした言葉によって霧のかかった風景が、神秘的な情緒を暗示している世界を歌い上げた。

そしてわが国では、「紅旗征戎《こうきせいじゆう》、吾事に非ず」と宣言した藤原定家（一一六二〜一二四一）がいる。定家は、言葉から手垢のついた意味を洗い落とし、和歌から現実を遮断して、人生とかかわりのない、ただ言葉だけの妖艶美の世界を構築したのであった。

春の夜の夢の浮橋とだえして峯に別るる横雲の空
春の短か夜の夢が、あたかも恋人が別れてゆくようにはかなく途絶えて、かなたの峯に横にたなびいていた雲がしずかに離れてゆく曙の空であるよ、の意。

自然詠ではなく、けだるい温もりがまだ残っている後朝《きぬぎぬ》の別れを、女の側からうたった、妖麗な歌と読みとれる。

さむしろや待つ夜の秋の風更《ふ》けて月を片敷く宇治の橋姫

粗末なむしろに落ちる冷たい秋の月の光を、独り寝の衣の袖のように片敷いて、まだ来ぬ恋人をいつまでも待っている宇治の橋姫よ、の意。

待つ女の秋の夜のわびしさを、これもまた幻想的に、かつ妖麗にうたった歌。

来ぬ人を松帆《まつほ》の浦の夕なぎに焼くや藻塩《もしお》の身も焦《こ》がれつつ

いつまでも訪れて来ない恋びとを待っている松帆の浦の海女は、海風の途絶えた夕べの凪のときに焼かれる藻塩草の立ちのぼる煙のように、身を焦がしていることだ、の意。

不実な男をいつまでも待っている、貧しくも美しい海女のわびしく苦しい心を思い描いて詠んだ、これも女を題材にした幻想。定家の自信作で、『新勅撰集』や『小倉百人一首』などに自選している。

ところで、蕪村が内弟子となった夜半亭宋阿は、其角や嵐雪にも師事したので、おのずから其角風の俳諧を習得することになった。その其角の俳風について、芭蕉と去来との間の交わされた周知の会話がある。

斬られたる夢はまことか蚤の跡　　其角

去来曰《いわく》、其角は誠に作者にて侍る。わづかに蚤の喰いつきたる事を、誰かかくは謂《い》ひ尽くさん。先師曰、然り。かれは定家の卿なり。さしても無き事をことごとしくいひつらね侍ると聞えし評に似たり。

『去来抄』に見える有名なエピソードである。そして蕪村もまた他ならぬ其角の裔であった。

## 言葉と人間

文は人なり、という。

これは、もともとはコント・ド・ビュフォン（一七〇七〜一七八八）という人が、フランスの翰林《かんりん》院《いん》（アカデミー・フランセーズ）で行なった入会演説のなかの一句で、直訳すれば「文体はその人自身である」という意味らしい。また「ビュフォンが何と言おうと、文体はすなわち人間である」という格言もあるらしいから、文章を書くこと、あるいは文章の書き方は、単にストーリーを記述するだけではなく、それを記述するひと自身を表現することである、と解釈すれば、「文は人なり」はさして過った訳ではあるまい。

たしかに文体には「品」というものがある。文章にはそれを書いたその人の品位があらわれる。

ブレーズ・パスカル（一六二三〜一六六二）は『パンセ』（松浪信三郎訳）のなかで、「自然な文体を見ると、人は大いに驚嘆し、感心する。なぜなら、人は一人の作者を見ることを期待していたのに、一人の人間を見いだすからである。（二九）」、「彼は数学者だ、説教師だ、雄弁家だ、などといわれないで、ただ彼は誠実な人だ、といわれなければばならない。この一般的な性質だけが、私には好ましい。（三五）」、また「自然な文体を見ると、人は大いに驚嘆し、感心する。なぜなら、同一の意味でも、それを言いあらわす言葉によって変化する。意味はその品位を、言葉から受け取るのであって、言葉に与えるのではない。（五〇）」などと述べている。

また小林秀雄（一九〇二〜一九八三）は「考へるといふ事」（『考えるヒント』所収）に、「考へるとは、単に知的な働きではなく、基本的には事件に身を以って交はる事だ。物を外から知るのではなく、物を身に感じて生きる、その経験をはっきり意識するといふ事だ。（中略）物しりは、まるで考へるといふ事をしてゐない。」と書いている。

もうひとつ挙げれば、夏目漱石（一八六七〜一九一六）は「文展と芸術」（大正元年一〇月一五日〜二八日、東京朝日新聞）の冒頭に、自分の信条を「芸術は自己の表現に始って、自己の表現に終るものである。」と述べ、さらにつづけて、「芸術の最初最終の大目的は他人とは没交渉である。親子兄弟は無論の事、広い社会や世間とも独立した、全く個人的のめいめいだけの作用と努力に外ならんと云ふのである。（略）けれども人の気に入るやうな表現を敢てしなければならないと顧慮する刹那に、此《この》力強い自己の存在は急に幻滅して、果敢《はか》ない、虚弱な、影の薄い、稀薄のものが纔《わず》かに呼息《こそく》する丈《だけ》になる。（略）だから徹頭徹尾自己と終始し得ない芸術は自己に取って空虚な芸術である。」と断じている。

このようにして芸術（詩）のなかに表現された芸術家の「自己」を感ずるかどうかは、また漱石の言葉に倣えば、その鑑賞者の「自己本位」であろう。そしてそれもまた鑑賞者の「自己の表現」に他ならないということになるだろう。

## 芭蕉と蕪村

芭蕉と蕪村は、元禄期と天明期といういわば対蹠《たいせき》的な時代が生み出した、まったく対蹠的な詩人であった。

芭蕉の句にあって蕪村の句にないものは、「現実」であった。「生活」であった。その句を生み出した「人間」であった。

芭蕉は、まさしく現実を生きた。蕪村は、逆に架空を生きた。芭蕉は高く悟りて俗に帰ることを希求して、句作した。蕪村は俗にいて高く悟ることも願わず、句作した。芭蕉は現実の句作に痩せ、蕪村は非現実の句作に遊んだ。芭蕉は近世的なるものを否定して中世的なるものを志向し、蕪村は近世的なるものを肯定してそれを享受した。芭蕉は克己的《こっきてき》（ストイック）な理想を追究し、蕪村は享楽的な現実に安住した。

土芳の『三冊子』に、こう見える。

常に風雅に入《い》るものは、思ふ心の色、物となりて句姿定まるものなれば、取る物自然にして子細なし。心の色うるはしからざれば、外に詞《ことば》を巧む。是《これ》則ち常に誠を勤めざる心の俗なり。（略）松の事は松に習へ、竹の事は竹に習えと、師の詞のおりしも、私意を離れよといふ事なり。（略）句作りに「成る」と「為《す》る」とあり。内に常に勉めて物に応ずれば、その心の色、句となる。内に常に勉めざる者は、成らざる故に、私意にかけて為るなり。

斎藤茂吉（一八八二〜一九五三）は、「実相に観入して自然・自己一元の生を写す。これが短歌上の写生である」（「短歌に於ける写生の説」四）といったが、もはやこれは単なる短歌論にとどまるまい。

あかあかと一本の道とほりたりたまきはる我が命なりけり（あらたま）
かがやけるひとすじの道遥けくてかうかうと風は吹きゆきにけり（同）

などがただちに思いうかかぶ。

また佐藤春夫（一八九二〜一九六四）の『風流論』はいう。

蕪村は飽くまで風流な人であった。然し、惜しむべし、彼の風流は芭蕉のものに比べては、どうしても風流の為の風流であるかのやうな何物かがある。ありすぎる。何を私は風流の為の風流と呼ぶか。曰く、風流が蕪村にあっては直接自然の子ではなくなって、別に蕪村によって築かれたところの別個の風流世界であった。——従って自然にとっては子ではなく孫になってしまっているやうに私には見える。蕪村の詩にはあまりに風流的回顧や、風流的空想や、風流的詠歎や、風流的力説が過剰である。「花七日もの食はずとも書画の会」、言はば蕪村のなかには刹那の感覚以外のもの、風流的意思があまりに多すぎたのである。

さらにもうひとつ、唐木順三（一九〇四〜一九八〇）の『詩とデカダンス』から、いささか長く引く。

蕪村に「秋かぜのうごかしてゆく案山子哉」の句がある。宝暦十年、四十五歳の作である。（略）この句は芭蕉との差を思はしめる。芭蕉が牧童宛の書簡（元禄三年七月一七日付）のなかで、「何方《いずかた》へなりとも風にまかせ可申《もうすべし》」といってゐることが思ひ合される。蕪村を案山子といふのではない。ただ風の如き自在を失ひ、吹きすぎる風を観る人になったことをいひたいのである。一所に立って、風の吹くのをみる人になった。芭蕉を旅の人、行の人、無住の人といふならば、蕪村は居の人、観の人、享楽の人である。写生を主張した正岡子規が芭蕉を袖にして蕪村をもちあげたのは故《ゆえ》なきことではない。蕪村においては客観は主観と対立し、自然は主観の対象となり、客観、対象をありのままに描くといふ画家的写生が生れると同時に、また主観の私意、作意、恣意《しい》も生れてきたのである。（略）だから句作は成るのではなく為るものとなる。詞をたくむ俗になる。蕪村の句が平面的静物的写生的であるのは道理であるといはねばならない。巧者なのである。「柳ちり清水かれ石ところどころ」、「五月雨や大河を前に家二軒」、「釣鐘にとまりて眠る胡蝶かな」、「水鳥や舟に菜を洗ふ女あり」、「四五人に月落ちかかる踊かな」、「黒谷の隣は白しそばの花」、「牡丹散って打重なりぬ二三片」。さういふのが蕪村俳句の特徴といってよい。

主観が独立するとき、主観の戯れもまたうまれる。俳諧における虚構の成立である。（略）河童、狐、狸、鬼、狂女、化物等が句の中へ入ってくる。「狐火や髑髏に雨のたまる夜に」、「秋のくれ仏に化《ばけ》る狸かな」、「鬼老《おい》て河原の院の月に泣く」、「昼舟に狂女のせたり春の水」等である。また故事来歴を前提とする句もでてくる。「岩倉の狂女恋せよほととぎす」の如きは、故事を知らなければ理解しえないものである。かういふ傾向は俳句に次第に物語性をよびいれることになる。大衆の理解を前提して作句するといふ風《ふう》は、勢《いきお》ひ俗的なものに堕してゆく。そこから月並が起ってくるのは当然であらう。

以下、『蕪村句集』春の部から、蕪村の「蕪村的」と思われる句のあまり知られていない若干を、年代順に引く。

肘《ひじ》白き僧の仮り寝や宵の春　（明和六年、五十四歳）
しら梅の枯木にもどる月夜かな　（明和七年以前、五十五歳以前）
木《こ》の下が蹄《ひづめ》のかぜや散るさくら　（明和七年、五十五歳）　木の下＝源仲綱の愛馬
日の光今朝《けさ》や鰯《いわし》のかしらより　（明和九年、五十七歳）
野とともに焼くる地蔵のしきみ哉　（明和年間、四十九歳～五十七歳）　樒＝仏供花
たらちねの抓《つま》まずありや雛の鼻　（安永三～天明三年、六十三歳～六十八歳）
さくら狩美人の腹や減却《げんきゃく》す　（安永六年、六十二歳）
雲を呑んで花を吐くなるよしの山　（天明二年、六十七歳）
春雨やものがたりゆく簑と傘　（天明二年、六十七歳）
日は日暮れ夜《よ》は夜明けよと啼く蛙《かわず》　（天明三年、六十八歳）

## 几董の『夜半翁終焉記』

蕪村は天明三年（一七八三）十二月二十五日未明に歿した。六十八歳。門人月渓が臨終に侍した。その夜荼毘に付して、翌四年正月二十五日に本葬儀を行ない、二十七日に納骨、卵塔を建てる。

以下は門人几董の撰した『夜半翁終焉記』の抜粋である。京に定住するまでの来歴の大要や、なかでも死の床での描写など、支考の『笈日記』が伝える芭蕉の臨終前後の筆致との類似も知られて、興味深い。

おしてるや浪速江《なにわえ》ちかきあたりに生ひたちて、とりが鳴くあづまのかたに多くの春秋を送り、なほ奥の隈々《くまぐま》遊歴しつつ、うちひさす都を終《つい》の栖《すみか》と定め、おもふ事なくてや見ましと、よさ（与謝）の浦天《あま》の橋立の辺《ほと》りに三とせの月雪をながめ、ふたたび花洛《からく》にかへりて、谷氏を与謝とはあらため申されし也。（略）

かくてその秋（天明三年九月）も過ぎ、冬枯れの空もしぐれ勝ちに、蟋蟀草廬《こおろぎそうろ》の戸にすだき、朝夕の風衣を透《とお》る比《ころお》ひより、何となく気力安からず、腹痛病身を苦しめ、日毎《ひごと》に悩みがちなりければ、あはやと人々訪《と》ひよりて、服薬怠る事なく、介抱大かたならずもてかしづき侍りぬ。（略）またある夜、伽のものに対して、かうやうの病に触れつつも、好める道のわりなくて句案にわたらんとするに、夢は枯野をかけ廻るなどいへる妙境、及ぶべしとも覚えず。されば蕉翁の豪傑なる事、今はた感に堪へざるはなど、日ごろにかわらぬ睦ましき教への、もしかたみにやなりもせんと、ひとたびは悦び、一たびは胸ふたがりけり。かくて十二月半ばの日来《ひごろ》は病毒下痢して、悩み漸く癒えたるに似たれども、食気欲する事なく、心身倦み疲れて、日毎にたのみ少なく見えけるにぞ、打ち寄りてただ命運を祈るばかりなり。（略）

二十四日の夜は病体いと静かに、言語も常にかはらず。やをら月渓をちかづけて、病中の吟あり。いそぎ筆をとるべしと聞こゆるにぞ、やがて（すぐさま）筆硯《ひっけん》、料紙やうのものとり出づる間《ま》も心あはただしく、吟声を窺ふに、

冬鴬《ふゆうぐいす》むかし王維が垣根かな

うぐひすや何《なに》ごそつかす藪の霜

ときこえつつ、なほ工案《くあん》の様子なり。しばらくありてまた、

しら梅に明くる夜ばかりとなりにけり

こは初春と題を置くべしとぞ。この三句を生涯語の限りとし、睡れるごとく臨終正念にして、めでたき往生をとげたまひけり。（略）

さてしもあるべき事ならねば、かねて遺言に任せ、病床の夜のものを払ひ、きよき毛氈《もうせん》を敷き、しとねとし、常の衣服の垢つかざるを撰びて、襟かいつくろひ、居士衣《こじえ》を襲《おそ》ひ、紗巾《しゃきん》を冠《かむ》らしめ、生ける人のごとく粧《よそお》ひ立てて、頭北面西右脇臥《ずほくめんさいうきょうが》にして、香を焼《た》き華を供じ、寺僧を迎へ各々唱名念仏し、ひそかに亡体《なきがら》はけぶりとなしぬ。

なお、この『終焉記』は、几董の哀切極まる精緻な名文として、他の門人たちはじめ多くの人びとに、深い感銘を与えたという。

## 子規の『蕪村寺再建縁起』

正岡子規（一八六七～一九〇二）が蕪村を高く評価して、明治期に「俳人蕪村」の存在を復活させたことは、広く知られている。

明治二十七年、子規は蕪村の句を評して「霊妙神《しん》に入《い》る。蕪村何処《いずこ》よりかこの好詩境を探り得たる」と感歎し、蕪村発掘と再評価の第一歩を踏み出したといわれるが、それだけではなく、子規自身の「写生」説を発展させたということからしても、合わせて忘れてはならない業績であったと思われる。

子規が、内藤鳴雪や河東碧梧桐《かわひがしへきごとう》、高浜虚子らとともに、明治三十一年一月から三十六年四月にかけて、六十二回にわたって行なった『蕪村句集』（几董編）の全句の輪講は、『蕪村句集講義』（俳書堂刊）としてまとめられ、蕪村研究の進展に大きな功績を残したが、他方、俳句雑誌『ホトトギス』の明治三十四年新年号に「巻末お楽しみ附録」として発表された「根岸庵子規作、一軸斎不折《ふせつ》画」による『蕪村寺再建縁起』と題する、江戸後期に流行した諷刺絵本「黄表紙」風の刷り物もまた、なかなか興味深い企画であった。

不折の描く戯画に子規が滑稽な諷刺文をつけた八葉の刷り物であるが、かつて蕪村が洛東一乗寺村に残された芭蕉庵を再興した故事に倣《なら》って、荒廃した蕪村寺の七堂伽藍を再建し、廃寺に巣食う化け物や、子規派に敵対意識をもつ月並《つきなみ》派の連中をも合わせて帰依せしめる、という筋立ては、当時の子規の蕪村に対する敬慕を示す好例であると同時に、病床に苦しむ子規にしてこのユーモアを帯していたのかという思いがけない一面を垣間見る驚きをも感ぜられて捨て難く、「根岸庵子規」作るところの戯文の一端を抄出してみる。なお、その多くは仮名書きであるが、私意に適宜漢字を当てた。第四葉の「蕪村経」なる経文は、これもカタカナ交じりの訓み下し文にした。「　」内は画中の人物や獣たちの台詞《せりふ》である。

〔ホトトギス　第四巻第四号　明治34・1・31〕

第一葉　（題字と表紙）

あるところに、三葉山《さんかさん》蕪村寺（三葉は蕪村の画号）といふ大寺《おおでら》ありけるが、年経《ふ》るままに棲む人もなくなりぬ。本堂は焼け、鐘楼《しゆろう》は崩れ、草むら生《お》ひ茂りて、きつね、たぬきの住処《すみか》とはなりける。

第二葉

ここに俳阿弥といふ行脚の僧ありて、かねてより蕪村宗信仰のこころざし篤《あつ》かりけるが、行脚のついでに蕪村寺に詣でばやと、蕪村《かぶらむら》に立ち寄りけり。三菓山と額《がく》をかけたる山門はなほ残りをれど、思ひのほかに荒れ果てて、七堂伽藍は影もとどめざるに、俳阿弥はうち歎じて、一夜をそこに宿りける。

「この大胆小僧め、鬼一口に喰ふてしまうぞ」

「おのれ、二つ目の化け物め、この一つ目さまを知らないか」

第三葉

俳阿弥は蕪村寺再建の大願をおこし、門前にむしろを敷きて鉦《かね》を叩きつつ、行き来の人に還化《げ かん》を勧めける。蕪村《かぶらむら》とは日ごろより仲悪《あ》しける月並村の者ども、これを憎みて、むしろ旗《ばた》を押し立てて、蕪村に押し寄せ、俳阿弥を打擲《ちようちやく》なしけるが、蕪村の者どもこれを聞きて救ひに出でければ、事おさまりけり。

「月並みの手並み、いま知ったか。ポカンポカン」

「いまに見ろ、月並みを叩きこわしてやるから」

第四葉

蕪村経「是《かく》ノ如ク我聞ク。蕪村仏、王城廓外一乗寺村金福精舎《こんぷくしようじや》ニ在《まし》マシテ、俳諧ヲ講ジ了《おわ》ンヌ。

諸仏弟子《しょぶつていし》トトモニ鰯ノ頭ヲ喰ワントスル時、鰯ノ頭忽チニ化シテ、径《けい》尺ノ大宝珠ト為《な》レリ。光明アマネク十方世界ヲ照ラシ、諸仏弟子驚嘆シテ已《や》マズ」と。なんとありがたいことではないか。チン。

「この坊さんは、根気のいい坊さんだ。いつ通ってみてもお勤めをしてござる。どれ、勧《かん》化《げ》につきませう」

「坊さん坊さん、このお銭《あし》は飴を買へといふて貰うたのぢゃが、お前に進ぜませう」

第五葉

喜捨の浄財しだいに集まりければ、蕪村寺再建に取りかかりけるに、きつね、たぬき、いたち、かわうそなど来たりて、木を運び柱をけづり、すべての業《わざ》を手伝ひけり。

「公達《きんだち》に化けては通ふ春の夜の、チンチテテン」

「狐公《きつこう》、たいへん呑気にやってるぜ、ちっと急がないと今年中には間に合ふまい」

第六葉

蕪村寺再建成就して七堂伽藍見事にできたれば、十二月二十四日をもって、蕪村忌を行なふこととはなしける。

「こんな大きな風呂吹きは見たことがない」

「すりこ木《ぎ》が重たくて味噌がすれない」

風呂吹き＝ゆでて山椒の若芽をすり合わせた味噌をつけて食べる大根や蕪。

第七葉

かかるところ門前俄《にわ》かに騒がしく、ただごとならずと皆々おどろき、味噌すり小僧はすりこ木をかまへて用意などするほどに、一群《ひと》れの化け物を先き立て、月並村の者どもまでことごとく出で来たり。和尚俳阿弥の前にぬかづきて、前非《ぜんぴ》を悔い、降参の旨《むね》申しける、

「化け物だけにお引き立てを願ひます」

第八葉

かくて蕪村宗信仰のひと、日に月にふえければ、蕪村、太祇、几董三尊の光、世にかくれなく、三葉山のほとり、参詣の者引きも切らぬこそめでたかりけれ。

風呂吹きの蕪《かぶら》も百十八回忌　鳴雪
風呂吹きを喰ふや蕪村の像の前　子規
蕪村忌を営む根岸草廬かな　四方太
風呂吹きをくひ得て寂と坐りけり　碧梧桐

芭蕉はしぐれ蕪村は霞にこそ　　　虚子

以上が『蕪村寺再建縁起』の全文であるが、当時の子規一門の意気軒高な様子が、目に浮かぶようである。

子規は『俳人蕪村』(明治三一年刊)のなかで、「けだし天は俳諧の名誉を芭蕉の専有に帰せしめずして、更に他の偉人を待ちしにやあらん。(略)芭蕉死後百年に垂《なんな》んとして始めて蕪村は現れたり。彼は天命を負うて俳諧壇上に立てり」と述べ、あるいは、「芭蕉の俳句は古来の和歌に比して客観的美を現すこと多し。しかも猶蕪村の客観的なるには及ばず。極度の客観的美は絵画と同じ。蕪村の句は直ちに以って絵画となし得べきもの少なからず」などと高く評価している。

思うに、蕪村は博識であったかも知れないが、それは遂に真智ではなかったのかも知れない。蕪村は何よりも近世的な、まさしく近世的な風流人であった。蕪村は生を写すのに画家の目を以ってした。

それを可とするか、否とするか。それはまさしく蕪村を評価する側の「自己」の問題であるだろう。

## 三　定住と旅 —— 近世的な、あまりに近世的な

### 近世的と中世的ということ

蕪村に、

埋火も我《わが》あとかくすよすが哉　（明和六年、五十四歳、翌年「我名を」と改稿）
うづみ火や我かくれ家《が》も雪の中　（明和七年、五十五歳）
居眠《いねぶ》りて我《われ》にかくれん冬ごもり　（安永四年、六十歳）

という句がある。ともに、「われ」に隠れて安住にひたっている老境の蕪村の落ち着きが、読みとれる。蕪村の詩的個性は、芭蕉を追慕しながらも、ついに時代的にはもちろん、精神的にもすっぽりと「近世的」であった。

蕪村と交友のあった上田秋成《あきなり》は、『去年《こぞ》の枝折《しおり》』のなかで、芭蕉を批判して、次のように述べている。

まことや、かの翁といふもの、湖上の茅檐《ぼうえん》、深川の蕉窓《しょうそう》、所定めず住みなして、西行宗祇の昔をとなへ、檜《ひ》の木笠《きがさ》、竹の杖に世を浮かれ歩きし人なりとや、いとも心得ね。かの古への人びとは、保元寿永の乱れ打ちつづきて、宝祚《ほうそ》も今やいづかたに奪ひもてゆくらんと思へば、そこと定めて住みつかぬも、ことわり感ぜらるるなり。いまひとりも、嘉吉《かきつ》応仁の世に生まれあひて、月日も地に落ち、山川も劫灰《ごうかい》とや尽きずなんと思ひまどはんには、いづこの宿りなるべき。さらに時雨のと観念すべき時世《じせい》なりけり。八洲《やしま》の外ゆく浪も風吹き立たず、四つの民草おのれおのれが業をおさめて、いづくか定めて住みつくべきを、僧俗いづれともなきひとの、かく事触れて狂ひあるくなん、まことに堯年《ぎょうねん》鼓腹《こふく》のあまりといへども、ゆめゆめ学ぶまじき人の有様なりとぞ思ふ。

芭蕉という人は、西行や宗祇の昔を後継すると称して、檜《ひ》の木笠《きがさ》に竹の杖をついて世間を浮かれ歩いたというが、とても理解しかねる。たしかに保元寿永や嘉吉応仁の世、つまり乱世に生れたというのならば、どこが住処《すみか》であり得ようか。宗祇のように「さらに時雨のやどりかな」と観念し、覚悟すべき時勢ではあるのだから。しかるに今は、波も立たず風も吹かずに穏やかで、人びとは自分の生業《なりわい》を収めて、どこにでも住みつくことができる世の中である。それなのに、僧侶だか俗人だか分からない風体《ふうてい》で狂い歩くなど、決して普通の人の真似すべきことではない、というのである。

また秋成の論敵であった本居宣長も『玉勝間《たまかつま》』（巻四）のなかで、こう批判している。

兼好法師が『徒然草』に、「花は盛りに、月は隈《くま》なきをのみ見るものかは」といへるは、いかにぞや。（略）いづこの歌にかは、花に風を待ち、月に雲を願ひたるはあらん。さるを、かの法師がいへるごとくなるは、ひとの心に逆《さか》ひたる、後《のち》の世の賢《さか》しら心の、作り風流《みやび》にして、まことのみやびごころにはあらず。

たとえば兼好法師は、満開のさくらの花をすばらしいといって見るだけが花を見るということではない、また照り輝いている満月を賞美するだけが月を見るということでもない、といっているが、それは間違っている。いったいどこに、花を散らす嵐を待ち、月を隠す黒雲を願うような歌があるだろうか。それは人の心に逆らった、利口ぶった似非《えせ》風流で、真の雅びごころではないのだ、といい、さらに言葉をつづける。

また同じ法師の、「人は四十《よそじ》に足らで死なむこそ、目安かるべけれ」といへるなどは、中ごろよりこなたのひとの、みな歌にも詠み、常にもいふ筋にて、命長からんことを願ふをば、心汚きこととし、早く死ぬるを、めやすきことにいひ、この世をいとひ捨つるを、いさぎよきこととするは、これみな仏の道にへつらへるものにて、多くはいつはりなり。言《ことば》にこそさもいへ、心のうちには、誰かはさは思はん。

また同じ兼好法師が、ひとは四十にならないうちに死ぬのが見苦しくもなく無難であろうといっているが、それは仏の道にへつらった偽《いつわ》り言《ごと》である。口ではそうはいっても、いったい誰がそのように思うであろうか、などと批難している。

こうして宣長は、次のようにばっさりと結論付ける。

うまきもの喰《く》はまほしく、よき衣《きぬ》着まほしく、よき家に住ままほしく、財《たから》得まほしく、人に尊まれまほしく、命永からまほしくするは、みなひとの真心なり。(略)月花を見ては、あはれとめづる顔すれども、よき女をみては、目にもかからぬ顔して過ぎるは、まことに然《しか》るにや。(略)女の色には目にもとまらずといはんは、人とあらむものの心にあらず、いみじき偽りにこそ有りけれ。

うまいものは喰いたい、よい着物は着たい、立派な家には住みたい、ひとには尊敬されたい、長生きはしたい、これらはすべてひとたるものの真情のおのずからな発現なのであって、美しい女の色香は目にもとまらない、いっこうに振り向きたいと思いもしない、などというのは、まったくの偽りなのである、と、このように主張する宣長の「ひとの心」とは、別にいえば近世風の「人情」であろうか。おそらく宣長のいわゆる「もののあはれ」という、源氏物語論の中核をなす文芸理念は、このような現世主義的な人情肯定論に支えられているといってよい。

このような秋成と宣長の西行芭蕉批判、さらには兼好批判に見られる人間的欲望の全面的な肯定と現世享楽主義的な人生観、それが「近世」という時代の思潮に他ならなかった。蕪村の人生観も芸術観もまた、秋成や宣長と同質であり、その底辺ではつながっているのである。そして蕪村も秋成も宣長も、そのような「近世的」な世界に安住し、また安住することを疑うことなしに肯定したのである。なお念のために一言付け加えれば、勿論ここで、蕪村と芭蕉との人間性や作品の優劣を比較し論じているわけではない。二人が、生き方の相違はあれ、共にすぐれた俳諧師であったことは、認めるにやぶさかではない。

芭蕉は、「舟の上に生涯を浮かべ、馬の口とらへて老いを迎ふる者は、日々旅にして旅を栖《すみか》とす。古人も多く旅に死せるあり。予もいづれの年よりか片雲の風にさそはれて、漂泊の思ひ止まず」(おくのほそ道)と述べて、あえて近世的な世界(止住)を否定して、中世的な世界(不住)を撰び取ったが、蕪村はそうではなかった。

それは蕪村の独自的で個性的なあり方であったというよりも、むしろ「近世」という時代が蕪村をしてそうあらしめたのであって、蕪村はそのことをそのままに受容したのであった。

それが蕪村の、芭蕉との差である。いいかえれば、蕪村は近世にあって近世的に生きた人間であり、芭蕉は近世にあって中世的な生き方を追い求めた人間であったということである。

## 画人蕪村の眼

蕪村は、自分が二十七歳の弱輩のころは、ひとりただ芭蕉を慕って蕉風初期の俳諧集『虚栗《みなしぐり》』（其角編、天和三年刊）や俳諧七部集の第一集『冬の日』（荷兮《かけい》編、貞享元年刊）に親しんでいたが、周囲の人びとが句法が古いといって私を仇敵のように批判したと、つぎのように告白している。

ある時、ある人が（未詳、師の夜半亭宗阿か）わたくしを諫《いさ》めていった。「俳諧は、滑稽なり。人と相和して談笑すをもツて最《さい》とす（第一とする）。子《し》が如き（あなたのような）偏癖《へんぺき》のもの（芭蕉一辺倒の片寄りねじけた考え方）は、その本意にあらず（俳諧の本来の精神からはずれている）。なんぞ枉《ま》げて（どうして無理にでも）人情に随はざるや」と。（几董筆『俳諧桃李序』草稿、春坡宛天明七年六月中旬付譲状）

若き蕪村はその忠告を聞いて、「一見解を開いた」という。

後年、蕪村は門人几董《きとう》（夜半亭三世）との両吟二歌仙を収めて『俳諧桃李《ももすもも》』（安永九年、六十五歳）を編んだが、その序にこう記している。

それ俳諧の闊達《かったつ》なるや（広く自由でおおらかなところは）、実《まこと》に流行ありて流行なし（という点にある）。たとはば、一円郭《いちえんかく》（円形競技場）に添ふて、人を追ふて走るがごとし。先《さき》んずるもの、却《かえ》って後《おく》れたるものを追ふに似たり。流行の先後、何を以って分かつべけむや（判断できようか）。ただ日々におのれが胸懐《きょうかい》をうつし出でて、けふはけふの俳諧にして、翌《あす》はあすの俳諧なり。題して「ももすもも」と云へ。めぐり読めども端《はし》なし（「ももすもも」を上から読んでも下から読んでも同じように、俳諧も新旧始終の別はないのである）。

蕪村の精神的位相が、おおよそどのようなものであったか、このエピソードで知られよう。ここには流行の先後がない。昨日は昨日の俳諧、今日は今日の俳諧、明日は明日の俳諧、と、それぞれが独立して、しかもそこに新旧前後の別がないというのである。

おそらく蕪村にとって俳諧は、その時その場の遊びであり、滑稽談笑の具であると認識されるようになったのであった。ただその具を扱うに、傍輩よりもはるかにすぐれた才能を持っていたことは、蕪村にとって幸いであった。

ただ芭蕉の俳諧からは、遠く隔たりがあることはいうまでもない。つまり連続（時間）がない。すなわち「旅」が欠けているのである。旅行はあっても旅がない。すなわち「旅」の喪失である。

芭蕉に紀行文があって蕪村にないのは、そのせいであろう。旅のないところに、紀行文の生まれるはずはあるまい。「旅」は、十辺舎一九の『東海道中膝栗毛』（享和二年〜文化十一年刊）に代表されるような、平穏な御代の「旅行」となったのである。

蕪村における、さらにいえば近世における「旅」の喪失は、くり返せば、先にみた秋成や宣長が代表するような近世的なものと、芭蕉における中世的なものという時代精神の差に違いなかった。

蕪村は師の夜半亭宗阿の歿後、寛保二年（二十七歳）から京都に定住する宝暦元年（三十六歳）までの約十年間を、野総常武（栃木、千葉、茨城、埼玉といった北関東一円）の知人をたよってそこに寄寓しながら、さらには陸奥《むつ》（青森）の津軽半島東部から下北半島にまで及ぶ放浪生活を送ったのであったが、それは俳諧と画業の研鑽ではあったとしても、いわゆる風雅の魔神に誘われて拄杖《しゆじよう》一鉢《いつぱつ》に命を結び、「只この一筋」につながるというような、中世の伝統的な「旅」ではなかったのであって、ここに蕪村の、というよりもむしろ近世における詩精神の特性があったといってよい。

蕪村は幼少時（十歳頃）より絵を好み、画家の伊信《これのぶ》（未詳）に親しんだといわれるが、寛保二年（二十七歳）から寛延四年（三十六歳）までの、ほぼ十年にわたる関東・東北遍歴の時代には特定の師を持たず、寄寓先近くにある寺や素封家に所蔵された襖絵《ふすまえ》や軸物を模写したり、またみずからも画筆をふるうなどして、独学で精進修行したらしい。

そのころの作と思われる「大黒絵手本」一幅には、「彩色にても墨絵にてもよく候」などという書き込みがあって、それが受注見本画ともとれることから、絵がすでに収入源となっていたことを意味するものと考えられている。

また年次と宛名は不明ながら、延享・寛延年間のものと推定される蕪村の、「依頼された小槌図と大黒天図はすでに完成しており、楠公《なんこう》の図《ず》も一両日中に仕上げる予定である」ということを知らせた書簡も、蕪村が俳諧師よりもむしろ画人として知られていたことを物語っているといえるだろう。以下、春の部立から絵画的な作を八句。

春の海ひねもすのたりのたり哉　（宝暦十二年以前、四十七歳以前）
うぐひすの啼くや小さき口あいて　（明和六年、五十四歳）
凧《いかのぼり》きのふの空のありどころ　（同）
春雨や人住みて煙《けぶり》壁を洩る　（同）
柳から日のくれかかる野路かな　（同）
春の水山なき国を流れけり　（安永四年、六十歳）
梅《むめ》の香《か》の立ちのぼりてや月の暈《かさ》　（安永七年～天明三年、六十三歳～六十八歳）
春雨にぬれつつ屋根の手毬かな　（作年次未詳）

画業は俳諧よりも富裕層に近づきやすく、したがって日常生活の収入源にもなりやすいこと、またそれがおのずから画業の励みにもなるであろうこと、そのような境遇によって、蕪村は「画人の眼」で物を見ることを、身につけるようになったのであろうと思われる。

## 画的俳と俳的画

画人蕪村からさらに俳人蕪村へ、という人間形成に重要な役割を果したものは、大きく二つあると思われる。

その一つは画業以外の、漢詩文を中心とする「教養」であったろう。年譜（新潮集成本所載）によると、蕪村は書を佐々木文山系に、観世流謡曲を豊島露月に、漢詩を服部南郭に学んだか、とある。いわば蕪村は多趣味であったということである。広範な趣味の人であったということである。「あれかこれか」ではなく、「あれもこれも」と学んでいるのである。

つまり蕪村は教養派であった。そして博学であること、多趣味であること、すなわち教養を身につけること、それはまた、善かれ悪しかれ、近世の知識人たちのこぞって求めた理想の姿でもあったのである。こうして句は、おのずから「理知的観念的に作られたもの」となる。

俳人蕪村の形成に大きな役割を果したものは、そのもう一つに、其角流の「幻術」があった。

其角は蕉風の円熟期を示す俳諧七部集の第五集『猿蓑』（去来・凡兆編、元禄四年刊）の序で、芭蕉の巻頭句「初しぐれ猿も小蓑をほしげなり」を、「あたに（なんと）懼《おそ》るべき幻術なり」と評した。幻術とは、いうまでもなく妖術、魔法、人の目をくらます手品である。句はおのずから視覚的に華やかなものとなるだろう。

芭蕉の俳諧は「幻術」だという、それが其角の芭蕉解釈であり、芭蕉俳諧の理解であった。其角の「切られたる夢はまことか蚤のあと」の句について、あるとき去来は「其角は誠に作者にて侍る」というと、芭蕉は「しかり（その通りだ）、彼は定家の卿なり。さしてもなき事を、ことごとしく言ひつらね侍る」云々といったという（去来抄）。

試みに、其角と芭蕉の句を比較してみよう。

草の戸に我は蓼《たで》くふ螢かな　　朝顔に我は飯《めし》くふをとこかな
声かれて猿の歯白し峰の月　　塩鯛の歯ぐきも寒し魚《うお》の棚

句の優劣や好悪は別にして、作者はどの句が誰とすぐに判るだろう。

蕪村はこのような其角風の「幻術」を好んで、人の意表をつく、意外性をはらんだ句を画人の眼（感覚）を通して構成するという技法を、己れの俳諧に取り入れたのである。

閻王《えんおう》の口や牡丹を吐かんとす　（明和六年、五十四歳）
狐火や髑髏に雨のたまる夜に　（安永四年、六十歳）
ところてん逆《さか》しまに銀河三千丈　（安永六年、六十二歳）

昼舟《ひるぶね》に狂女のせたり春の水　（安永七年〜天明三年、六十三歳〜六十八歳）

次のような句もある。

秋き来ぬと合点させたる嚔《くさめ》かな　（明和五年、五十三歳）
腹の中へ歯はぬけけらし種《たね》ふくべ　（明和八年、五十六歳以前）
学問は尻からぬけて螢かな　（明和年間、四十九歳〜五十六歳）
山吹や井手を流るる鉋屑《かんなくず》　（天明二年、六十七歳）

さらに次のような句も見える。

かきつばたべたりと鳶《とび》のたれてける　（明和年間、四十九歳〜五十六歳）
大徳《だいとこ》の糞《くそ》ひりおはすかれ野かな　（安永四年、六十歳）　大徳＝高徳の僧
大津絵に糞《ふん》落しゆく燕かな　（安永七年、六十三歳）
紅梅の落花燃ゆらむ馬の糞《くそ》　（天明三年、六十八歳）

蕪村流のスカトロジー（糞尿譚）である。披露されて、一座はどっと沸いたであろう。しかしな

がら「軽みの一結晶」とも評されている芭蕉の一句、「鶯や餅に糞《ふん》する縁の先」(元禄五年、四十九歳、芭蕉の「糞」はこれ一句のみ)との差は、その卑俗性において比較すべくもあるまい。とはいえ、これがまさしく「近世的」な美意識の発現技法だったのである。

芭蕉の後継者と自認する許六の「取合せ」論は、二つの日常的にはまったく異質の物と物(素材と素材)とを、一つの句のなかに取り合わせて置くことによって、その意外性の持つ違和感の衝突から生ずる火花を、その句の美に変えようと試みる技法であると解してよいだろうが、こうした技法の成果は、蕪村においてすぐれて顕著である。なかんずく右に引用した十二句などは、前代的な美的価値観の否定、または破壊という点で、その蕪村的なヴァリエーションの一例と見なしてよいだろう。

すなわち、蕪村がすぐれて「近世的」な画人であり、そのゆえに群を抜いた俳諧師であった、という謂《いい》である。

## 四　教養と創造——俳体詩の試み

### 現実の再構成

藤原定家の「かきやりしその黒髪の条《すじ》ごとにうち臥すほどは面影ぞ立つ」（新古今集巻一五恋五）は、和泉式部の「黒髪の乱れも知らずうち臥せばまずかきやりし人ぞ恋しき」（後拾遺集巻一三恋三）という「現実」を再構築した、いわゆる本歌取りの歌であった。ただこの定家の歌の場合、その再構築された虚構の世界がまさしく「新しい現実」として現前するという、定家の非凡な歌才が一等地を抜いて際立っているところに意義があるといってよい。

蕪村に、

柳散り清水涸《か》れ石ところどころ

という句がある。寛保三年、蕪村二十八歳ころの、奥州遍歴時代での作と推定されている。

この句にはいくつかの前書があって、『蕪村自筆句帳』および几董《きとう》編『蕪村句集』（天明四年刊）には「遊行柳のもとにて」、また雁宕《がんとう》・阿誰《あすい》編『反古衾《ほごふすま》』（宝暦二年刊）所収の第三歌仙の発句「柳ちり」の前書には「神無月の頃《ころ》ほひ、下野《しもつけ》の国に執行《しゆぎよう》して、遊行柳とかいへる古木の陰に、目前《もくぜん》の景色を申し出ではべる」、あるいは自画賛「柳ちり」（安永末年ごろ）には、「赤壁《せきへき》前後の賦《ふ》（北宋時代の詩人蘇軾《そしよく》の代表作）、字々みな絶妙、あるが中に（そのなかでも特に）『山高月小、水落石出（山高クシテ月小サク、水落チテ石出ヅ）』といふもの（字句は）、ことにめでたく、孤鶴《こかく》の群鶏《ぐんけい》を出づるごとし（凡庸の衆のなかにただひとり抜きんでているような風情である）、／むかしみちのくに行脚せしに、遊行柳のもとにて、忽ち（ふと）右の句をおもひ出でて」とある。これがこの句の生まれた事情をもっとも率直に物語っているだろう。

この句は蕪村の代表作として喧伝され、新しい漢詩調開眼の画期的な一句などと激賞され、また自身も自画賛を制作するなどしていることからも知られるように、自信作として認じていたと考えられるが、この句はかならずしも眼前属目《しよくもく》のオリジナルな（独創的な）写生句ではなく、眼前の遊行柳に触発されて、遥かに遠い『後赤壁賦』の「山高月小、水落石出」の、とくに「水落石出」のイメージが浮かび、それを「清水涸れ石ところどころ」といいかえて、眼前の風景と重ねたものといってよい。いわば蕪村の漢詩文の「教養」がこの句の発想と作成に大きくあずかっているのである。

句作の手続きからいえば、「後赤壁賦」が主で、「遊行柳」が従ということである。

この句は、生きた現実を捨象して、新しく作られた現実を言葉によってこしらえ再構築した観念詩であると評されてよいだろう。そしてそこに蕪村の傑出した詩人的才能を見ることができるのである。

若き定家（当時数え年十九歳）が、その日記『明月記』の冒頭近く、治承四年九月の条に、有名な「紅旗征戎、吾事ニ非ラズ」（原漢文）と記したが、それは戦乱という「現実」に背を向けて、「非現実」の世界に自己の詩（和歌）の世界を求めようとした決意表明（宣言）であった。そして蕪村は其角風への心酔を通して、定家の詩法を学んだということになるであろう。

芭蕉に、

石かれて水しぼめるや冬もなし

という句がある。一見して蕪村句と酷似している。延宝八年の冬、深川に隠栖した年の最後の吟で、そのことを合わせ思えば、この句を、たとえば蘇軾の「水落石出」を換骨奪胎した談林調の表現であるとか、「鬚風を吹いて」というような漢詩の倒装法にならった、当時流行の滑稽句であるとか、まして「冬もなし」とは冬の季節ももうすっかり終ってしまったのだ、などと解釈するなどは、噴飯ものであろう。このとき芭蕉は、冬が冬の季節性をすっかり失ってしまった、死のような世界を見つめているのである。

たとえばこの句の直前に作られた「櫓の声波をうって腸《はらわた》氷る夜や涙」や「雪の朝独り干鮭《からざけ》を噛み得たり」という、境界の果て、自然における冬の果てであるとともに、芭蕉自身の心の果てでもあり、そうした「果て」が果てもなしに広がっている寒々とした世界を、具象的にまざまざと表現した、いわば象徴詩なのである。

この句は技巧を凝らした単なる写実ではない。この句の表現は、石が涸れ水が凋《しぼ》むなどと、常識的には決して現実《レアル》的ではないが、その故にいっそう現実的《レアリスティック》である。「冬もなし」、すなわち「これは冬ですらない」と断ずるところに、かえって非情で殺風景な冬の「現実」がまざまざと表現されている。

蕪村は芭蕉にこの句のあることを知っていたであろうか。ありうることではある。ともに佳句、ただ句の質が異なるだけである。

## 取り合わせの句法と蕪村

去来の『去来抄』（修行教）に、次の一節が見える。


先師曰く、「発句は頭《かしら》よりすらすらといひ下《くだ》し来たるを上品《じょうぼん》とす。」

酒堂曰く、「先師、『発句は汝がごとく二つ三つ取り集めするものにあらず。金《こがね》を打ちのべたるがごとくなるべし』となり。」

先師曰く、「発句は物を合《あわ》すれば出来《しゅったい》せり。その能《よ》く取《とり》合するを上手といひ、悪《あ》しきを下手といふ。」

許六曰く、「発句は取合せものなり。先師曰く、『是《これ》ほど仕よきことのあるを、人は知らず』となり。」

去来曰く、「物を取合せて作する時は、句多く、吟速《ぎんすみ》やかなり。初学の人、是を思ふべし。功成るに及んでは、取合す、取合せざるの論にあらず。」

これだけでは、何が所論の中心であるか、はっきりしない。師とその門弟三人が一座して俳論を展開させているとすれば、それぞれの論旨がまちまちで、整理されていない恨みを感ずる。おそらく先師と洒堂と、先師と許六とのふたつの、別々の折になされた対話が、本質論と技巧論に分けられてここに引用され、それを去来がおだやかに一つにまとめた、という構成になっているのではあるまいか。

ここに「取合せ」とは、芭蕉の歿後、許六が師説（芭蕉の言葉）として、「発句は取合せものなり。二つ取合せて、よくとりはやすを上手といふなり、といへり」（許六・篇突）などと、とくに強調した作句論である。句における取合せのおもしろさを楽しむわけで、去来のいう「初学の人」向きの技法といえよう。

たとえば芭蕉の「春雨や蜂の巣つたふ屋根の漏り」の句は、「春雨」と「蜂の巣」が取合せの好例として、当時評判だったという（許野消息、許六と野波の論争往復書簡での許六の説）。しかしこの句は、いわゆる「なる句」であり、「する句」の類《たぐ》いではあるまい。眼前属目の句である。
取合せの技法は、むしろ貞門や談林の末裔のものであり、その流れが其角から許六に伝わり、蕪村に流れ着いたと見るのが妥当であるだろう。

霞さえまだらに立つや寅の年　貞徳　（虎の斑と寅年）
ながむとて花にもいたし頸の骨　宗因　（見上げる花と頸の骨）
枯野かなつばなの時の女櫛《おんなぐし》　西鶴　（枯野と若い女櫛）
梅が香や乞食の家ものぞかるる　其角　（梅の香りと乞食の家）
寒菊の隣もありやいけ大根　許六　（寒菊と土中に生けた大根）
骨拾ふ人にしたしき菫かな　蕪村　（亡き人の骨を拾うと菫）

土芳の『三冊子』に、「巧者に病《やまい》あり。師の詞にも、『俳諧は三尺《さんせき》の童にさせよ。初心の句こそたのもしけれ』など度々《たびたび》言ひ出でられしも、みな巧者の病を示されしなり」、「つねに勤めて心の位《くらい》を得て、感ずるもの動くや否や句となるべし」、「先師も『俳諧は気に乗せてすべし』とあり」などと見える。

また『去来抄』には、「歌は三十一文字にて切れ、発句は十七字にて切る」、「切れ字を用ふる時は、四十八字皆切れ字なり」とあり、さらに「俳諧は気先を以って、無分別に作すべし」と説いている。ここに「無分別」とは、「分別無シ」、すなわち人に褒められるような句を作ろうなどという分別心を捨て去ることである。

芭蕉は「辛崎の松は花より朧にて」の句の批評に対して、ただ一言、「我はただ花より松の朧にておもしろかりしのみ」と答えたという（去来抄）。「ただ」という一語に「無分別」の重みを思うべきであろう。

蕪村の句法の妙は、取合せの巧みさにある。一度現実を離れて、改めて独立した言葉による新しい別次元の現実、すなわち抽象的な非現実的世界を再構成、再構築するというところに、蕪村の句の特色があるといえよう。

そこに再構成され再構築された新しい現実は、したがって画人蕪村の目が描き出す幻想的な、絵画的な、そのゆえにすぐれて浪漫的な、新しい美の世界を現出するのである。その若干を制作順に引いてみよう。齢《よわい》の晩年に集中していることが知られる。

春の海ひねもすのたりのたりかな　（宝暦十二年以前、四十七歳以前）
（「のたりのたり」の擬声語が、けだるい「春」をとらえている。）
底のない桶こけ歩行《ありく》野分《のわき》かな　（明和五年、五十三歳）

（こけ歩行く桶を「底のない」としたところがミソ。吹き荒れる野分の激しさ。）

春雨や小磯の小貝ぬるるほど　（明和六年、五十四歳）

（韻を踏んで「小」がふたつ、春雨のイメージを際立たせている。）

牡丹散りて打ちかさなりぬ二三片　（同）

（同時に散ったのでは、「打ちかさなりぬ」が不自然か。画人の虚構。）

不二《ふじ》ひとつうづみ残して若葉かな　（同）

（「うづみ残して」が、かえって「不二」の壮大さをつたえている。）

蓮の香や水をはなるる茎二寸　（明和八年、五十六歳）

（水から離れた蓮の花の香りは、茎が一寸でも三寸でも、まして五寸でもダメ。）

白露《しらつゆ》や茨《いばら》の刺《はり》にひとつづつ　（明和年間、四十九歳〜五十七歳）

（ありそうな虚構の景。やはり誰にも気付かない画人の目である。）

うつつなきつまみごころの胡蝶かな　（安永二年、五十八歳）

（紋白蝶などとは違った「胡蝶」のこってりとした鱗粉の手ざわり。）

愁ひつつ岡にのぼれば花いばら　（安永三年、五十九歳）

（何の愁いか哀しみか、花いばらの棘が小指にささるのだ。）

かなしさや釣の糸吹く秋の風　（同）

（これも悲しさを、秋風に吹かれる「釣の糸」に具象化した画家の目。）

遅き日のつもりて遠きむかしかな　（安永四年、六十歳）
（何ということなく、けだるく暮れなずむ、晩春の慕情。）
夕立ちや草葉をつかむ群《むら》すずめ　（安永五年、六十一歳）
（夕立ちにあって、「草葉をつかむ」雀たちのあわて騒ぐさま。）
うぐひすの啼《な》くやちひさき口明《あ》いて　（安永六年、六十二歳）
（啼く鶯の小さい口など見えるはずはない。いかにもありそうな虚構。）
ゆく春や逡巡《しゅんじゅん》として遅ざくら　（天明二年、六十七歳）
（「逡巡として」が他に代え難い趣きを持つ。「行く春」と「遅ざくら」に矛盾はない。）
ゆく春やおもたき琵琶の抱きごころ　（天明年間、六十六歳～六十八歳）
（年ごろの美女が、もの憂げに膝をくずして琵琶をつま弾いているか。晩春のたそがれ時の一齣《ひとこま》。）

たまたま目に留まった、取合せと思われる句の若干を拾って、制作順にならべてみた。齢《よわい》晩年に集中していること、春の句の多いこと、これは偶然である。感想を一句ずつ覚え書風に付しておいた。

## 俳体詩の創作

蕪村は安永六年に俳諧撰集『夜半楽《やはんらく》』を編集出版したが、そのなかに蕪村自身の「春風馬堤曲《しゅんぷうばていきょく》」と「澱河歌《でんがか》」と題する二作品を収めた。

「春風馬堤曲」は、それぞれが独立した内容を持ちながら、しかも一篇の物語を構成しているという、発句と漢詩と漢文訓読体とを十八首交え合わせた独創的な長篇詩で、『蕪村文集』（文化十三年刊）に全篇が収録されて広く読まれることとなった。

長篇であるが、あえて『馬堤曲』の全文をここに引用して、読む機会のほとんど失われたそれがどのような作品であるか、味わってみたい。なお文中に置かれた漢詩はカタカナ交じりに訓み下すことにする。また文中の読点は私意に付した。

## 春風馬堤曲

謝蕪邨《しゃぶそん》

余《よ》、一日耆老《いちじつきろう》ヲ故園《こえん》ニ問フ（ある日、わたくしは昔なじみの老人を故郷毛馬村に訪れた）。澱水《でんすい》（淀川）ヲ渡リ馬堤《ばてい》（毛馬村への長い川堤）ヲ過グ。偶《たまたま》、女ノ郷《じょごう》ニ帰省スル者（薮入りで故郷に帰るという娘）ニ逢フ。先後シテ（先になり後になりして）行クコト数里、相《あい》顧ミテ語ル。容姿嬋娟《せんけん》トシテ（美しくあでやかで）痴情《ちじょう》憐レムベシ（その色香に魅せられた）。因《よ》リテ歌曲十八首ヲ製シ、女ニ代リテ意《い》ヲ述ブ。題シテ春風馬堤曲ト曰《い》フ。

## 春風馬堤曲　十八首

○やぶ入《いり》や浪花を出《いで》て長柄川《ながらがわ》（今日は薮入り、浪花を出て長柄川を舟で渡る）

○春風や堤《つつみ》長うして家遠し（春風はやさしく吹き、土手は長く生家は遠い）

○堤ヨリ下《お》リテ芳草《ほうそう》ヲ摘メバ　荊《けい》ト棘《きょく》ト路《みち》ヲ塞《ふさ》グ（香草を摘もうと土手を下りてゆくと、茨《いばら》が道を塞ぐ）

荊棘　何ゾ妬情《とじょう》ナル　裙《くん》ヲ裂キ且《か》ツ股《こ》ヲ傷ツク（茨はなんて意地悪なの、私の裾を裂き腿を傷つける）

○渓流石点々　石ヲ踏ンデ香芹《こうきん》ヲ撮《と》ル（細い流れに点々と置かれた石を伝って、香りのよいセリを摘む）

多謝《たしゃ》ス水上ノ石　儂《われ》ヲシテ裙ヲ沾《ぬら》サザラシムルヲ（渓流の石に感謝する、衣の裾を濡らさずにすんだことを）

○一軒の茶見世《ちゃみせ》の柳《やなぎ》老いにけり（一軒しかない茶店の前の柳は、随分年老いたことだ）

○茶店の老婆子《ろうばし》儂を見て慇懃《いんぎん》に（顔見知りの茶店の老婆は、私を見て丁寧に）

無恙《ぶよう》を賀《が》し且つ儂《わ》が春衣《しゅんい》を美《ほ》む（無事であることを喜び、私の晴れ着を褒めてくれる）

○店中二客有リ　能《よ》ク江南ノ語ヲ解ス（店には二人の客がいて、都会風の浪花言葉で話している）

酒銭三緡《しゆせんさんびん》ヲ擲《なげう》チ　我ヲ迎ヘ榻《とう》ヲ譲《ゆず》リテ去ル（酒代三百文を投げ出し、私に椅子を譲って去った）

○古駅三両家《さんりょうけ》、猫児《びょうじ》妻を呼ぶ、妻来らず（僅か二三軒の古びた部落の家で、雄猫が雌猫を呼ぶのだけれど、雌猫は現われない）

○雛ヲ呼ブ籬外《りがい》ノ鶏《とり》　籬外草地《くさち》ニ満テリ（垣根の外で親鶏が雛を呼んでいる、そこは草がいっぱい生えているのだ）

雛飛ビテ籬《かき》ヲ越エントスルモ　籬高クシテ堕《お》ツルコト三四（雛は飛んで垣根を越えようとするが、高くて三四羽は落ちてしまう）

○春草路三叉《しゆんそうみちさんさ》、中に捷径《しょうけい》あり、我を迎ふ（春草の生えた三叉路に近道があって、私を迎えてくれる）

○たんぽぽ花咲けり三々五々、五々は黄に（タンポポが三々五々と咲いている、あそこは黄色

三々は白し、記得《きとく》す去年此路《このみち》よりす（ここは白、憶えている、去年もこの道を通ったことを）

○憐れみとる蒲公《たんぽぽ》、茎短うして乳をあませり（懐かしんで摘み取ると、茎は短く乳汁が溢れ出る）

○むかしむかししきりにおもふ慈母の恩（昔々の優しい母の恩が、しきりに思い出される）

慈母の懐抱《かいほう》別に春あり（優しい母の懐ろには、格別に温かい春があった）

○春あり、成長して浪花《なにわ》にあり（春があった母の懐ろで成長し、私はいま浪花で生活している）

梅は白し、浪花橋辺《ろうかきょうへん》財主の家（白い梅が咲いている浪花橋近くのお金持ちの家だ）

春情まなび得たり浪花風流《なにわぶり》（娘心は都会風の浪花振りをそこで身につけたのだった）

○郷《きょう》を辞し弟《てい》に負《そむ》く身三春《さんしゆん》（故郷を去り弟を残して、私は浪花で三度の春を迎えた）

本《もと》をわすれ末《すえ》を取る接《つ》ぎ木の梅（接木した梅のように、私は本木《もとき》の故郷も弟も忘れていた）
○故郷春深し、行き行きてまた行き行く（故郷はいま春の盛り、足早に行き行き、また行き行く）
楊柳《ようりゅう》の長堤《ちょうてい》、道漸《ようや》くくだれり（柳の生えた長い堤の道は、次第に下りとなる）
○矯首《きょうしゅ》、はじめて見る故園の家、黄昏《こうこん》（頭を挙げて、いま初めてたそがれの故郷の家を見る）
戸に倚《よ》る白髪《はくはつ》の人、弟《てい》を抱き我を（戸口にたたずむ白髪の人は、弟を抱いて私を）待《い》つ、春また
春（今日か明日かと待っていたのだ）
○君不見《みずや》古人太祇《たいぎ》が句（あなたは知っているか、いまは故人となったわが友、炭太祇《すみたいぎ》の句を）
薮入の寝るやひとりの親の側（薮入りで家に帰った子が、たったひとりの母親の側で安らかに眠っている）

正岡子規は、「春風馬堤曲に溢れたる詩思の富贍《ふせん》にして（十分に豊かであり）情緒の纏綿《てんめん》せる（からみ合ってこまやかなところ）を見る」といいながらも、「俳句以外に蕪村の文学として見るべきもので、「蕪村を見るにはこよなく便となるもの」（『俳人蕪村』、明治三十年刊）と、やや消極的な批評であったが、佐藤紅緑は「明治の新体詩以上の詩美を具えたもの」（『蕪村俳句評釈』明治三十七年刊）と激賞して、俳壇のみならず詩壇からも注目されるに到った。

さらに昭和期に入ると、萩原朔太郎は、蕪村を「郷愁の詩人」と位置づけて、この『馬堤曲』を「蕪村の独創になるもの」で「まさしく明治の新体詩の先駆である」（『郷愁の詩人与謝蕪村』昭和十一年刊）

と評価したのであった。

現在では、この『馬提曲』と『澱河歌』、それに延享二年（三十歳）に書かれた『北寿老仙をいたむ』の三作を合わせて、「俳詩」とか「俳体詩」とか「和詩」などと呼称は一定していないが、それはかえって蕪村のオリジナリティーを示していることになるともいえるだろう。

## 碑にほとりせん

蕪村は、天明三年（一七八三）十二月二十四日（現行日時では二十五日）の明け六ツ（午前六時頃、門人月渓の句「明六ツと吼えて氷るや鐘の声」による）に歿した。享年六十八歳であった。

遺体はその夜茶毘《だび》に付して密葬し、翌四年正月二十五日に本葬儀が行なわれた。二十七日に納骨、卵塔（鳥の卵のような形の墓石で多くは禅僧の墓に用いる）を建てたという。

夜半亭三世を襲名した門弟几董の編んだ追悼集『から檜葉《ひば》』（上下二冊、百池《ひゃくち》跋、天明四年正月）に、几董は「夜半亭終焉記」を寄せた。その臨終の一部をふたたび抄出する。

二十四日の夜は病体いと静かに、言語も常にかはらず。やをら（ゆっくりと静かに）月渓をちかづけて、病中の吟あり。いそぎ筆をとるべしと聞こゆるにぞ、やがて（すぐさま）筆硯《ひっけん》、料紙やうのものとり出づる間《ま》も心あはただしく、吟声を窺《うかが》ふに、

冬鶯むかし王維が垣根かな

うぐひすや何《なに》ごそつかす藪の霜

と聞こえつつ、なほ工案《くあん》の様子なり。しばらくありてまた

しら梅に明くる夜ばかりとなりにけり

こは（これは）初春と題を置くべしとぞ。この三句を生涯語の限りとし、睡《ねむ》れるごとく臨終正念《しょうねん》にして、めでたき往生をとげたまひけり。

「しら梅に」の吟は、蕪村の末期の静謐《せいひつ》な心境を示して、蕪村句中第一の佳句であると思う。いままさに死なんとしている蕪村の目に見えるものは、毀誉褒貶《きよほうへん》のしがらみを遠く離れた、ほのぼのと「しら梅に明くる夜ばかり」の世界であろう。これは蕪村の幻想ではあるまい。おそらく始めてみる透明無垢な空間であろう。

「夜ばかり」とはいえ、そこは闇（暗）ではない。さりとて光（明）でもない。明暗不二の、ただほのぼのとした永遠の時空がそこにある。

芭蕉が旅に病んでもなお、枯野を駆けめぐる風雅への夢を「妄執」と反省したそれとは違って、蕪村は近世的な画人俳諧師として、几董が記しているように「めでたき往生をとげ」たことであったろうと推察される。

几董はさらに『終焉記』につづけて、

正月二十五日、再葬式義信をつくし、遺骨は金福寺《こんぷくじ》なる芭蕉庵の墻外《しょうがい》にとりおさめ、形《かた》のごとき卵塔《らんとう》を建て、永く蕉翁の遺魂《ゆいこん》に仕へ奉らしむ。

　我も死して碑《ひ》にほとりせむ枯尾花

と、かねて（以前から）この山（洛東一乗寺村）の清閑幽景をうらやまれしかば、新鴬の柳上《りゅうじょう》に遊び、杜鵑《とけん》の衡宇《こうう》（粗末な家）を過ぐるより、山路《やまじ》の鹿、田家《でんか》の雪、おのづから生業《なりわい》の画図《がと》に通ひて、東嶺《とうれい》（東山の異称）にのぼる月は、とこしなへに（永遠に）法《のり》の灯《ともしび》を照らし、前栽《せんざい》の草木はとことはに（いつまでも永遠に）匂ひて、不断の花を捧ぐるも、かりそめならぬ奇縁なりけり。

と記している。

一乗寺村の金福寺境内に「祖翁之碑」と刻まれた芭蕉の碑が建てられ、その落成句会が催されたのは、蕪村の歿した天明三年の六年前の安永六年九月二十二日であった。そして「我も死して」の句は、その翌月の十月十二日の芭蕉忌に開かれた芭蕉追善句会に発表されている。「我も死して碑に辺《ほとり》せむ」という芭蕉追慕の切なる願いが、六年の時を隔ててようやく、いまここに実現したわけである。

この「我も死して」の句題が「金福寺芭蕉翁墓」となっていて、句に「碑の辺」とあるのは、蕪村の意識的な計らいであるか、それとも第三者のあやまった書入れであるのか、いずれとも詳らかにしないが、しかしそれが「墓」であれ「碑」であれ、また「芭蕉庵の墻外」であれ、蕪村は満足だったであろう。まさしく「碑に辺せむ」というかねてからの願いが、「死して」叶ったのであるから、それはそれでよいのであろう。

三の記

# 俗人一茶

## 一　俗の純粋化――人生と芸術のあいだ

### 中くらいのしあわせ

一茶は俗人であった。

一茶は俗を生きた。徹頭徹尾、俗を生きた。そこに一茶の、他には見られない魅力があるように思われる。

一茶は、俳諧史が求道性《ぐどう》(芭蕉)から教養性あるいは趣味性(蕪村)へと変貌してゆく流れのなかで、しだいに大衆化し卑俗化して衰退してゆく文化文政期(一八〇四～一八三〇)に咲いた、ただ一輪の狂い咲きであったろう。しかし一茶のおかげで、化政期の江戸俳諧は堕落せずにありえたといってよい。

一茶の生涯を瞥見してみて感じられることは、一茶はやはり「俗人」であったということである。

一茶には偏屈で意固地なところがあったかも知れないが、しかしそれは後天的なもので、必ずしも生来のものではなかったのである。

一茶は俳諧師たることを志したわけではない。たまたまそこにそれがあったからである。一茶は故郷を捨てたわけではない。むしろ一茶が故郷から捨てられたのである。

思うに、一茶は、ただ「中くらい」の、つまり普通一般の幸福を求めたのではあるまいか。人間として許される、人並みな、当り前な生活を欲したのではあるまいか。

その意味で一茶は「俗人」であった。そしてその俗人の俗人性が、一茶自身の詩的才能によって昇華され、言葉を通して自由奔放に表現されたとき、それが一茶の俳諧となったのである。

## 一茶をどう読むか

一茶の本名は、弥太郎。宝暦十三年（一七〇三）の五月五日に、信濃国上水内郡《かみみのちぐん》柏原村（現長野県上水内郡信濃町）の農、小林弥五兵衛の長男として生まれた。生母くには、柏原の支村、二倉の村役人筋（別に二倉の庄屋とする説もある）の宮沢家の娘であったとか（岩波文庫「父の終焉日記・おらが春」所収の「一茶年譜」による）。柏原は、奥信濃の一寒村ではあったが、北国街道の宿駅で、一茶の住居はその宿の東部にあった。

小林家の資産については、敷地は間口《まぐち》が九間三尺八寸、奥行が二十三間一尺。田高は十一石三斗七升一勺、畠高は二石六斗四升七合六才。その他に山林が八ケ所だったという（岩波大系『一茶集』）。必ずしも豪農ではなかったろうが、さりとて貧農というわけでもなかったろう。持ち高六石五升の本百姓で、村内の中ノ上程度の家柄であったらしい（岩波文庫『父の終焉日記ほか』年譜）。本百姓とは田畑を持たぬ水呑百姓の対語である。父が農業のかたわら宿駅の駄馬を兼業していた（大系本・解説）というのは、おそらく現金収入を得たいがためではなかったか。

ところで一茶の文学史における評価は、かつては近世俳諧史を芭蕉と蕪村とともに三分するほどの存在として扱われていたが、現今では必ずしも高いとはいえないようである。

たとえば集英社の『古典俳文学大系』は『一茶集』として、全作品ではないが、とりあえず一冊にまとめられているものの、岩波書店の『日本古典文学大系』では、蕪村とともに『蕪村集　一茶集』として、合わせて一冊に編集されているし、また新潮社の『古典集成』では『蕪村集』はあるものの、一茶は特立されていない。小学館の『古典全集』は『近世俳句俳文集』に見られるだけである。

いろいろな立場や見解によってこのように移り変わってきたのではあろうが、いま一茶をどう読むかということは、さて改めて考えてみると、案外難しい問いであるように思われる。

創造された作品を重く見るか、それとも作品を生み出した創造母胎である作者を重く見るかということは、どのような文芸のジャンル（分野）においても、その研究を推進するための重要な基準となるものであろう。

しかしながら、一茶の場合は、作品と作者が、句と生活が、特に深く密接にからみ合っていて、それを何《いず》れと二分して、あるいは作品の側から、あるいは人間の側から分析し評論することは、必ずしも妥当とはいえないようである。いま、案外難しい問いであるように思われるといったのは、この意味である。

## 俗のままに生きる

芭蕉は「高く悟りて俗に帰るべし」といい、「風雅の誠を責め悟りて、今するところ俳諧に帰るべし」と説いて、みずからも現実から出発してふたたび現実に帰るという、禅宗で説く「百尺ノ竿頭、須《すべか》ラク一歩ヲ進ムベシ」という菩薩道、あるいは浄土教における「往相還相《おうぞうげんぞう》」の一道を実践したのであった。

蕪村は「離俗」ということを主張し、むしろ現実を離れて、たとえば定家のように非現実的な美の世界を作り出したのであった。

一茶は、どうであったか。あえていえば、むしろ芭蕉に近かろう。ただ一茶には「高く悟る」という心の緊張がほとんど欠けている。「俗」のままに「俗」にいて、生《なま》の現実をそのまま句に投げ込んでいるという趣きがある。したがって、そこに「作品」における彫心鏤骨《ちょうしんるこつ》の完璧性はなく、むしろ「人間」における天衣無縫の自在性をそこに見出すことになる。

藪《やぶ》の蜂来《こ》ん世も我にあやかるな　（文化句帖、文化四年）

夕燕我《ゆうつばめわれ》には翌《あす》のあてはなき　（文化句帖、文化四年）

木つつきの死ねとて敲《たた》く柱かな　（文化句帖、文化二年）

春雨や食はれ残りの鴨が鳴く　（七番日記、文化十年）

根性がひねくれているといえばひねくれているといえもしようが、しかしそこには藪の蜂や夕燕や木つつきや鴨といった、他者（自己以外のもの）との交感（コレスポンダンス）を期待する一茶独特の、切ない呼びかけが隠されているのではあるまいか。

別にいえば、一茶は、当り前なことを、しかし誰にもいえない、そして誰もが気付かないような当り前なことを、当たり前にいっただけのことなのである。そのようなところに一茶はいるのである。

一茶は己れの心にとらえたもの、やこと、を、手当りしだい句に吐きつづけた、己れの喜怒哀楽を全身で十七字に表現しつづけた、その意味で純粋な俳人であったといえるであろう。

たしかに一茶の句に内在する灰汁《あく》の強い、奔放な人間臭さは、いわゆる「一茶調」と呼ばれる作品を生み出し、蕪村にはもちろん、芭蕉にも見られないような、ある種の親近感と迫力を内奥《ないおう》に包んで、詩的完成度という点では芭蕉や蕪村に及ばないけれど、不思議な感動を人びとの心に植え付けるという、この事実は否み難いだろう。

一茶の泥臭さや人間臭さの横溢と氾濫が、一部の人びとを辟易させながらも、不思議に少なからぬ人びとの胸裏にまつわりついて忘れ難く思われるのも、そのためであろう。

一茶は孤独だった。子どもの時から孤独だった。

一茶ほど不幸だった俳人は、ほかに類例を見ないのではなかろうか。

芭蕉も孤独ではあったが、例の富士川のほとりに捨てられた三つばかりの赤子に己れの捨子意識を重ねて、「ただこれ天にして、汝が性《さが》の拙《つたな》さを泣け」と言い捨てて通り過ぎる強さがあった。しかしその強さが、一茶にはなかった。一茶は、それとは違った世俗的な意味で、つまり文字どおりの「孤独」に生まれついた、不幸な人であった。

一茶は、俳諧を求め、俳諧に生きようなどと志したのではない。俳諧は一茶の孤独を癒すための手段であった。それは一茶の孤独を紛らすためではなく、生きるための方法であった。おそらく一茶は人間として、人並みの人間として、ただ生きたかったのである。

親のない子はどこでも知れる、爪《つめ》を咥《くわ》へて門《かど》に立つ、と子どもらに唄はるるも心細く、大かたの人交はりもせずして、うらの畠に木・萱など積みたる片陰に蹋《かが》まりて、長き日をくらしぬ。わが身ながらも哀れなりけり。

我と来て遊べや親のない雀　六才　弥太郎　（おらが春、文政二年）

三歳の時に生母くにを喪《うし》ない、七歳の時に継母はつ（一名さつ）が来て、その翌年に義弟仙六（のち弥兵衛）が生れて、この時から一茶の不幸は始まった。

継母との仲が険悪になり、それをもてあました父は、前年の九月に重い疫病にかかった一茶が十五歳になった春に、江戸へ奉公に出すのであった。安永六年（一七七七）のことである。

東《あずま》に下らんとして、中途まで出でたるに、
椋鳥《むくどり》と人に呼ばるる寒さかな　（おらが春、文政二年）

この句はその時の吟ではないが、はじめて江戸に下るという時の一茶の心細さは、充分に推察できる。「椋鳥」とは、冬になると江戸に出て働き、春先帰郷する信州の出稼ぎに対する江戸びとの蔑称である。

## ついの栖

享和元年（一八〇一）の四月に、農業のかたわら宿駅の荷駄を運送する馬子を副業としていた父弥五兵衛は、傷寒（腸チフス）に罹病して、翌五月に歿した。一茶三十九歳の時であった。

死を覚悟した父は、財産を長男の一茶と次男の仙六とに二分すると言い渡したが、継母はつや義弟仙六はそれを承知せずに無視した。村びとも当然ながら、故郷を捨てて全国を「俳諧道楽」のためにに放浪している一茶よりも、在住して母とともに家や田畠や山林を守っている仙六に味方したのであった。

文化五年（一八〇八）になった。秋七月に祖母かな（父の生母）の三十三回忌がいとなまれ、十一月にはようやく義弟仙六との間に遺産折半の契約書が交わされて、一茶は本百姓として村に登録されることになったが、仙六はいっこうにその契約を実行しようとしなかった。

文化九年（一八一二）十一月、一茶はついに意を決して江戸に別れ、故郷柏原に帰ったが、住むところがない。しかたなく岡右衛門宅を借りて住むことにした。一茶、五十歳の時であった。思えば、十五歳で故郷を出てから、はや三十五年が過ぎていたのである。

十二月二十四日、柏原に入る
是がまあつひの栖か雪五尺　（七番日記、文化九年）

この句とは別に、「是がまあ死所《しにどころ》かよ雪五尺」の句も詠まれてあったが、一茶の理解者であり庇護者でもあった夏目成美の意見（成美評句稿）に従って、「つひの栖か」が採られたというエピソードは、おそらく周知であろう。『七番日記』に、前書きを「柏原を死所と定めて」と改めているのは、

「死所」という赤裸の言葉に未練があったためかも知れない。

しかし故郷は必ずしも歓迎はしなかった。一茶がひとり期待したようには、そこは「ついの栖」でも「死所」でもなかったのである。俳諧の遊びごとに諸国を放浪している一茶に対して、俗にいう「詩を作るより田を作れ」とする郷党は、冷たかった。優しさも、安らぎも、一茶には無縁であった。

そのようなことは、すでに一茶は体験はしていたのである。

故郷や寄るも触《さわ》るも茨《ばら》の花　（七番日記、文化七年）
古郷は蠅まで人を刺しにけり　（おらが春、文政二年）

一茶にとって故郷は「死に所」と期待されていただけに、いっそう一茶の苦しみやかなしみや、またそれ以上に淋しさは大きかった。

そのような一茶に対して、容赦ない不幸はとどまるところを知らなかったのである。

## 束の間のしあわせと死

こじれていた遺産相続問題は、菩提寺である明専寺住職の調停によって、文化十年（一八一三）、一茶の五十一歳の時に完全に解決し、翌くる文化十一年（一八一四）には、屋敷を義弟仙六と折半して住むことになった。

大の字に寝て涼しさよ淋しさよ　（七番日記、文化十年）

故郷に帰り、曲がりなりにもわが家に大の字に寝て涼しさを味わいながら、それでもなぜ一茶は「淋しさ」を感ずるのか。いろいろな推測は可能であろうが、それがひとの心の微妙な深層にまで届くかどうか、あえてたどってみよう。

一茶が、人並みに「家庭」を持ったのは、文化十一年、一茶五十二歳の時であった。妻きくは、一茶の母の実家、宮沢家の親戚筋にあたる出自という。当年二十八歳であった。

文化十三年（一八一六）四月に、五十四歳で待望の長男千太郎を得た。が、一ヶ月後に死去してしまう。

さらにその二年後の文政元年（一八一八）五月には、五十六歳にして長女さとが誕生する。しかしその喜びも束の間、さとは翌年の六月に疱瘡《ほうそう》（天然痘）を病んで、はかなく亡くなってしまう。

終《つい》に六月二十一日の蕣《あさがお》の花とともに、この世をしぼみぬ。母は死顔にすがりて、よよ、よよと泣くも、むべなるかな（道理である）。この期《ご》に及んでは、行く水のふたたび帰らず、散る花の梢にもどらぬ悔事《くいごと》などとあきらめ顔しても、思ひ切りがたきは、恩愛《おんない》のきづなりけり。

露の世は露の世ながらさりながら　（おらが春、文政二年）

これでもか、これでもかとばかり、一茶の不幸はつづく。

文政三年（一八二〇）十月に、次男石太郎《いし》が生まれるが、翌年母の背で窒息死する。さらに文政五年三月には、三男金三郎《こん》が誕生するが、翌年妻きくが病歿し（享年三十七歳）、つづいて金三郎も二歳で死去するという不幸に見舞われる。「石」も「金」も、いつまでも強健であれという一茶の願い心からの命名だったのである。

その翌年の文政七年には、飯山藩士の娘ゆき（三十八歳）と再婚するものの、すぐに離縁。ひとりになった一茶は、文政九年に宮下やを（三十二歳）と三度目の結婚をするのであるが、翌くる十年（一八二七）閏六月一日の柏原の大火に家屋が類焼し、以前から中風を病み言語障害をおこしていた一茶は、ついに十一月十九日、焼け残りの土蔵で、六十五歳の、孤独で淋しい生涯を終えたのであった。

法名は、「釈《しやく》一茶不退位《ふたいい》」とか。ちなみに、「釈」は釈迦牟尼の釈。真宗では法名のうえに付けた。「不退転」は悟りの功徳を失うことがないということ。またその地位をいう仏語。ここでは往生極楽の功徳の失われない地位にいることの意で、法名の末尾につける。

このように一茶の生涯をたどってくると、いかに一茶が孤独であり、どれほど慰安を求めていたか、知られるであろう。

思うに、一茶はただ単純に、そしてひたすら純粋に、人間として、いわば「人並みに生きたい」と願っていたのではあるまいか。そして一茶にとって俳諧は、そのための、たまたま身近にあった「悲しき玩具」であったといえるのではあるまいか。

ただ、それが一茶にとって幸福であったか不幸であったかは別として、一茶の詩的才能は、文化文政期の俳諧史において、一茶をして「群鶏《ぐんけい》の中の一鶴《いっかく》」(晋書)たらしめたことは確かであろう。

## 二　凡愚と妙好人――俗のなかの白蓮華

### 日記体句文集の発明

芭蕉は俗を離れてふたたび俗に帰った。

蕪村は俗を捨てて反俗の世界に美を求めた。

そうして一茶は、俗を生《なま》のまま表出した。

一茶の句には、言葉によって濾過されることなしに、俗のままの生活がある。一茶の喜びも悲しみも怒りも恨みも、庶民的なユーモアや鬱屈したペーソス（悲哀）をはらんで、そこにそのまま投げ出されているといった趣きがある。

そういった複雑な素朴さが、かえってある種の安らぎと親近感を、読むひとに与えるのである。

おそらく、一茶を知らない人でも一茶の句は知っているであろう。

やれ打つな蠅が手をすり足をする　（八番日記、文政四年）
雀の子そこのけそこのけ御馬が通る　（八番日記、おらが春、文政二年）
むまそうな雪がふうはりふうはりと　（文政版句帖、文政十年）
痩蛙負けるな一茶これに有り　（七番日記、文化十三年）
名月をとってくれろと泣く子かな　（おらが春、文化十年）
いうぜんとして山を見る蛙《かわず》かな　（七番日記、文化十年）
大根引《だいこひき》大根で道を教えけり　（七番日記、文化十一年）

［注］「むまそうな」は東北地方の方言で、太っている、ポッチャリしたの意。

「痩蛙負けるな」は蛙合戦・蛙軍《いくさ》のこと。雌に群がる雄の争奪戦をいう。

「ゆうぜんとして」は陶淵明の「悠然トシテ南山ヲ見ル」（飲酒二十首ノ五）のもじり。

「大根引」は大根を引き抜いて収穫する農夫。


一茶の句は一万二千とも二万余りともいわれる。

句がふと心に浮かぶと、一茶は行灯《あんどん》の引き出しに入れてある付け木《つぎ》（端に硫黄を塗った木片で、火を付けて他に移すのに使う）に、その日の天候や出来事などとともに書き付けておき、溜まるとそれらを句帖に整理しておいたのであった。

それはおのずから句日記の体《てい》をなす。のちに標題を付けて出版されることになる『七番日記』（文

化七年〔一八一〇〕、四十八歳～同一五年〔一八一八〕、五十六歳）、『八番日記』（文政二年〔一八一九〕、五十七歳～同四年〔一八二一〕、五十九歳）、『九番日記』（文政五年〔一八二二〕、六十歳～同七年〔一八二四〕、六十二歳）などが、それである。

またそれらのほかに『父の終焉《しゅうえん》日記』や『おらが春』などがある。

『父の終焉日記』は、享和元年（一八〇一、三九歳）に、たまたま帰省していた一茶が父の発病に際会して、それから臨終、そして終焉までの約一ヶ月間の、句を交えた手記である。

なかんずく『おらが春』は、それまでの句日記の方法の集大成であり、このような文芸形式の創作は、おそらく一茶のオリジナルといってよいのではあるまいか。

とりわけ、文政二年（一八一九、五七歳）の元旦から歳末までの出来事を、己れの継子育ちという境涯、長女さとの誕生と死、そして真宗の説く他力信心の自覚などを骨子として、虚実をとりまぜながら綴った日記体句文集『おらが春』は、一茶の代表的な著作としてもっとも高く評価されている。

## 『おらが春』抄1

この作品の題名ともなっている「おらが春」は、作品の冒頭に語られる次のような仏教説話につづいておかれた一句に由来している。

丹後（京都府北部）の普甲寺《ふこうじ》という寺（未詳）に、深く往生極楽を願う上人がいて、年始の暁（夜明け方）には、弟子の小坊主に大声で「すでに西方弥陀仏は極楽の門にお出になって、この世の衆生を迎えようとお待ちになっているぞ」と言わせ、自分もまた大声で「おお、おお」と歓喜して泣き叫ぶという。

この行事は、上人みずからがこしらえた年迎えの儀式で、物狂いさながらのことではあるが、この年始の儀式が俗人にこの世の無常を教えるという役目を果していると聞くと、一茶は仏門における年始の最高の行事であると思われる、と述べながら、次のようにつづける。

おのれら（自分）は、俗塵に埋もれて世渡る境界《きょうがい》ながら、鶴亀に比《たぐ》への祝尽《いわいづく》しも、厄払ひの口上めきてそらぞらしく思ふからに（思うので）、から風の吹けばとぶ屑屋は、くづ屋のあるべきやうに（屑屋にふさわしく）、門松立てず、煤《すす》掃かず、雪の山路の曲がり形《な》りに、ことしの春もあなた任せになん迎へける（阿弥陀さまのお計らいのままに任せて迎えたのであった）。

目出度さもちう位《くらい》也おらが春　　一茶

こぞの五月生れたる娘に一人前の雑煮膳を居《す》ゑて

這《は》へ笑へ二つになるぞけさからは
文政二年正月一日

新しい年を迎えた一茶の幸せそうな姿が思いやられるが、何よりも注意されるのは、この作品が、というよりも、「ちう位」という一茶の「おらが春」というよろこびが、すべてを阿弥陀仏のはからいに任せてあるという、阿弥陀仏への深い信仰心に支えられてあると、一茶自身が信じているということである。これは大事なことに違いない。

さらには、二つになった長女さとに対しての一茶の幸福感も、弥陀の御手のままに、という弥陀への信仰心なしには考えられないのであって、一茶の心の深層には、こうした阿弥陀仏への信仰心があったということをも、見落としてはならないだろう。ちなみにいえば、一茶の菩提寺は柏原の明専寺という浄土真宗の寺であった。

なお一茶の句にある「ちう位」は、不十分ながら、どうにかこうにか、やっとこさっとこ、といった、貧しさのなかの小さな充足感、満足感、あるいは幸福感のあらわれであろう。文字通り「中ッ位」がよいというのである。

別に、「ちう位」を、どっちつかず、あやふや、いい加減、といった方言とする説もあるようであるが、けさから二つになった娘がいるではないか、それが何でいい加減なめでたさであってよいものか、という一茶の新年をよろこぶ心を思い計って、ここでは採らない。

## 『おらが春』抄2

一茶がこの『おらが春』の末尾を、同じように「あなた任せ」という浄土教の説く「安心《あんじん》」で結んでいるという事実は、さらに興味深い。

他力信心々々々々と、一向《いっこう》に（ひたすら）他力にちからを入れて頼み込み候輩《やから》は、つひに他力《たりき》縄《じょう》に縛られて、自力地獄の炎の中へぼたんと落ち入り候。その次に、かかるきたなき土凡夫《どぼんぶ》を、うつくしき黄金《こがね》の膚《はだ》になしくだされと、阿弥陀仏におし誂《あつら》へに誂へ放《ばな》しにしておいて、はや五体は仏《ほとけ》染《じ》み成りたるやうに悪《わ》るすましなるも、自力《じりき》の張本人たるべく候。問ひていはく、いか様《よう》に心得たらんには、御流儀（宗門の教義）に叶ひ侍りなん。答へていはく、別に小むつかしき子細は存ぜず候。ただ自力他力、何のかのといふ芥藻《あくたも》くた（塵芥）を、さらりとちくらが沖（遠い海）へ流して、さて後生の一大事は、その身を如来の御前に投げ出して、地獄なりとも極楽なりとも、あなた様の御はからひ次第遊ばされ下さりませと、御頼み申すばかりなり。かくのごとく決定《けつじょう》しての上には（固く心を決めたからには）、南無阿弥陀仏といふ口の下より、欲の網をはるの野に、手長蜘蛛（泥棒蜘蛛）の行ひして、人の目を霞め、世渡る雁のかりそめにも、我が田へ水を引く盗み心を、ゆめゆめ持つべからず。しかる時は（そのような時は）、あながち作り声して念仏申すに及ばず、願はずとも仏は守り給ふべし。これすなはち、当流のわが宗門の安心《あんじん》（平安の境地）とは申すなり。穴かしこ。

ともかくもあなた任せのとしの暮　　五十七齢　一茶

文政二年十二月二十九日

他力だ他力だと騒ぐ輩《やから》は、他力でありながら弥陀に頼み込んでいるではないか。任せているといいながら、自分で何だこうだと計らっているではないか。それは自力の分別である。他力という縄に縛られて、かえって自力の糞《くそ》溜めにぼたんと陥ち入っている土凡夫《どぼんぶ》である。なおこの「土」は、罵る気持を表わす接頭語で、近世上方の俗語。今でも「ど阿呆」、「ど偉い」、「ど根性」などと残っている。

何も難しいことではないのだ。自力がどうで、他力がこうでなどといった分別を捨てて、ただ阿弥陀さまの前に身を投げ出して、地獄へなりとも極楽へなりとも、すべては「あなた任せ」と頼むだけである。こちらが願わなくとも、阿弥陀さまはお守り下さっているのだ。

このような一茶の「あなた任せ」という信心のあり方は、たとえば法然の「一枚起請文《きしょうもん》」、さらには親鸞の「自然法爾《じねんほうに》ノ事」と呼ばれる法語（末燈鈔第五）、そして究極には一遍の「万法南無阿弥陀仏」というところに深くつながっているように、わたくしには考えられるのであるが、いまは論じている暇はない。指摘しておくだけにとどめて他日を期したい。

ともかくも、一茶という人間の根柢には、見てきたような浄土教的な信仰心が、自覚されることなしに、自己の体験として、奥信濃の雪のように、白くそして深く降り積もっていたのである。一茶の句に見られる悦び、悲しみ、恨み、淋しさなどの、様々な感情のヴァリエーションは、おそらく後天的に育まれたこころの屈折した発現と解してよいだろう。

つまり一茶は宗教家ではなく、詩人だった。出家者ではなく、俳諧師だった。一茶のこころの屈折した発現は、したがって当然であり、また自然であったのである。

ここで名品『おらが春』は終る。

## 凡愚意識とそのゆくえ

一茶には、己れのなかに、己れのものでありながら己れにもどうすることもできない、生まれながらに身に負うた、あるいは身に負わされた、「凡愚」というものの自覚があった。そしてその「凡愚」の自覚の果てが、「あなた任せ」という思い、あるいは信心ではなかったか、と思われる。「愚である」とは、己れの不完全さに対する自覚に他ならないだろう。一茶はこう記す。

今までに、ともかくも成るべき身を、不思議にことし六十一の春を迎へるとは、げにげに盲亀《もうき》の浮木《ふぼく》に逢へるよろこび（目の見えない亀が広い海に浮かんだ木にたまたま出逢っ

て救われたような歓喜）に勝《まさ》りなん。されば無能無才もなかなか齢《よわい》を延ぶる薬になんありける、

春立つや愚の上にまた愚にかへる　（還暦の所感、文政六年）

それにしてもこのような句を、いったい他の誰が「句」（作品）として吟じえたであろうか、とわたくしは思う。

一茶に己れの愚につい詠んだ句は必ずしも多いとはいえないが、それでも若干は見られないこともない。己れが仏（阿弥陀さま）の前では愚かな者に他ならないのだという「愚」の意識や反省が、一茶の心の底にくすぶっていたという証《あかし》であろう。

遊民々々とかしこき人に叱られても、今更せんすべなく
また今年娑婆塞《ふさ》ぎぞよ草の家　（文化句帖、文化三年）
夕燕我には翌《あす》のあてはなき　（文化句帖、文化四年）
月花《つきはな》や四十九年のむだ歩き　（七番日記、文化八年）
木の端《はし》のおれが立っても朧なり　（七番日記、文化十一年）
日々懈怠《けたい》ニシテ、寸陰ヲ惜シマズ
けふの日も棒ふり虫よ翌《あす》もまた　（おらが春、文政二年）

塵の身のちりより軽き小蝶哉　（文政句帖、文政七年）

「木の端のおれ」は、『枕草子』の「ただ木の端などのやうに思ひたるこそ、いといとほしけれ（世間のひとが、坊さんを見て、ただ木の切れ端か何ぞのようにつまらぬものと思っているのは、とても可哀想だ）」（「思はむ子を」の段）を引用。「寸陰ヲ惜シマズ」は、朱熹《しゆき》の詩「偶成」の一節、「一寸ノ光陰軽ンズベカラズ」のパロディー。ここでは時間を惜しまずに、毎日怠けている愚を、自嘲的に、自虐的に表現している。

さきにも述べたように、一茶には、自分のなかに、自分でもどうにもならない、生まれながらに身に負うた、あるいは身に負わされた、いわば「業《ごう》」のようなものとして、凡愚の自覚があった。もちろん己れの凡愚に対決して、その凡愚を捨てようとしたわけではあるまい。むしろ反対に、己れの凡愚のままに、その凡愚を生きたのであろう。裏返された「あなた任せ」である。

一茶にとって、それは思いのほか苦しい道のりであった。一茶の句が示すさまざまな心情は、そのことのあらわれと見なされてよい。

## あなた任せと妙好人たち

一茶のいう「あなた任せ」という言葉は、「妙好人《みようこうにん》」と呼ばれる人びとを連想させる。

妙好人とは、白い蓮華のような清らかな信心を篤《あつ》く身につけた信徒たちを讃えていう言葉である。真宗信徒であるが、そのような宗派意識にとらわれず、己れの愚を自覚し、己れの愚を守って、ただひたすら純真な心で弥陀と対し、往生のことは一切弥陀のはからいに任して、一日一日を感謝のうちに生きた、いわば「宗教的自由人」たちの総称である。

豊前国《ぶぜんのくに》（福岡県東部）のある村に新蔵という、極貧で無学な百姓がいた。天保十年（一八三九）に七十歳で念仏の息が絶えたが、そのとき口ずさんだ歌。

微塵ほどよき事あらば迷ふのに丸《まる》で悪《わる》ふてわしが仕合せ

ちょっとでも良いことをしていたら、わしは増長して迷いの道にはいったであろうに、まったくの悪い人間だったので、阿弥陀さまのお慈悲にあずかることができて、しあわせ者だな、という心であろう。

讃岐（香川県）の人で、これも無学文盲、一文不知の貧乏人庄松（歿年・年齢未詳）の話。あるとき、寺の役僧が『大無量寿経』（浄土三部経のひとつ）を開いて、ここのところを読んでみろとからかった。すると、庄松はそれを手にとりあげて、「庄松を助《たすく》るぞよ、庄松を助《たすく》るぞよ、と書いてある」と答えたという。

庄松の名がどこの誰の名に変わろうとも、まさしく浄土三部経（浄土教の代表的な経典、大無量寿経、観無量寿経、阿弥陀経の三部）の本旨は、というよりも弥陀の慈悲はこれであろう。

その庄松が、あるとき旅先で大病した。同行の者たちがやっと家に送り込んで、「さあ、これで安心しろ」というと、庄松は「どこに居ても、そのときおれの居る場所が極楽の次ぎの間《ま》（部屋）なんじゃ」といった。また友だちが見舞いに来て「お前が死んだら墓を建ててやるぞ」と安心するように慰めると、「わしは石の下にはおらぬぞ」と答えた。極楽に行くのだから、墓などはいらないというのである。

石見国《いわみ》（島根県）大浜村の才市《さいいち》は、始めは船大工、のちには下駄作りを営む、やはり無学文盲の門徒であった。帰敬式《ききょうしき》（帰依入信の儀式）を受けて、法名を釈秀素、のちに妻セツも入信して釈幸流といった。

この才市は、村びとも自分も名を「サイチ」と呼んでいたのだが、一茶もまさしくそうであったように、ふと心に浮かんだ懺悔や法悦を、木の削り屑などに、たどたどしいひらがな文字で書き付けておき、夜になるとそれを毛筆でノートに丹念に清書していた。

才市の書き残したうたは、亡くなるまでの約二十年のあいだに、そのノートの何冊かは散逸してしまったが、おそらくノートは百冊、歌の数は一万余首をこえているだろうと推定されている。ちなみに、楠恭編『定本妙好人才市の歌（全）』（法蔵館、昭和六十三年刊）が、もっとも多くその歌を収録している。

○才市《さいち》よい。へ。いま念仏を唱えたは、誰か。へ。才市であります。そうではあるまい。へ。親様（阿弥陀様）の直説《じきせつ》であります。機法一体であります。
○才市や、如来さんは誰か。如来さんか。へ。如来さんは才市が如来さんであります。
○才市よい、嬉しいか、有り難いか。有り難い時や、有り難い。何《な》っともない時や何っともない。才市、何っともない時や、どぎゃすりゃあ（どうするか）。どがあもしようがないよ。なむあみだぶと、どんぐりへんぐりしているよ。今日も、来る日も。やーいやーい。
○あさましや、金色《こんじき》の仏のまえの枯れた花。あさましや、あさましや。明らかな月の光の、明らかなわしの心を、照らす名号。なむあみだぶつ。
○あさましの、悪《あく》がありゃこそ、慚愧《ざんき》あり。慚愧念仏、なむあみだぶつ。
○煩悩を悔《くや》むじゃない。喜びの種《たね》、悟りの種。なむあみだぶつ。
○海には水ばかり。水を受けもつ底あり。
才市には悪ばかり。悪を受けもつ阿弥陀あり。
嬉しや。なむあみだぶつ、なむあみだぶつ。
○浮世では、人にも馬鹿と言はれる才市。弥陀を楽しむ心を貰うて、なむあみだぶつ、なむあみだぶつ。これを楽しむ。これを楽しむ。
○才市は、今日を喜べ、今日を喜べ。今を喜べ、今を喜べ。なむあみだぶつ。

こうして才市は、昭和七年まで生きて、一月十七日に八十三歳でめでたく往生した。

一茶から妙好人を連想するということは唐突のようにも見えるが、一茶の複雑な心情の吐露である作品を読んでゆく時、その底に宗教に通ずる門のまえにたたずみながら、その門をくぐることを躊躇してしまう一茶の、孤独で、へそ曲がりで、しかも内に優しさを秘めたその後ろ姿が、何かしら妙好人の素直さの裏返しのように思われてくるのである。

## 三　歓びと悲しみと――『おらが春』のゆくえ

### 一茶とふしあわせ

一茶ほど不幸せに生まれついた俳人は、すくないのではないか。

三歳で生母を亡くし、八歳で継母が来て、十歳の時に義弟が生まれる。そしてそれ以後、一茶の不幸は年を重ねるうちにますます深刻になってゆき、ついに村の大火事で類焼した焼け残りの土蔵のなかで病死するまで、それがつづく。

そのような一茶の不幸な境遇を支えた唯一の慰めは、つぶやくことであったかも知れない。そしてそのつぶやきが、俳句という文芸形式と出合い、人間の喜怒哀楽のさまざまな表現として、後の世にすくなからぬ人びとの共感を得て親しまれるようになったという、これもまた珍しいことのように思われる。

つぶやきであるから、そこに生まれるものは、かならずしも重くはない。その軽さが、芭蕉や蕪村に馴れた人たちには不満であり、俳人としての評価を低くさせている要因の一つになっているとも考えられるが、ただ一茶の人間性の一部を形成している宗教性、すなわち「あなた任せ」というあり方は、研究者たちからは案外見落とされているか、軽視されているか、あるいは無視されているかのように思われる。

一茶の信仰心は、『おらが春』を見ても、確かにあったことが知られる。そして奥信濃柏原という土地の人びとの多くが門徒（浄土真宗の信徒）であったということから推しても知られるとおり、それはおのずから土着的なものであった。「俳諧寺一茶」というめずらしい俳号が、なによりもそのことを証しているだろう。

土着的なものは、おのずからなものであるがゆえに、学問や書物で後天的に得たものよりもはるかに純朴であり、強靱であり、地下を流れる雪解け水のように清冽《せいれつ》であるだろう。一茶の信仰心もまた、一茶自身も意識しなかったであろうように、おのずからなものとしてあった。

## あこ法師鷹丸の水死

『おらが春』（文政二年「一八一九」の正月一日から十二月二十九日の一年間の記事）は、「普甲寺《ふこうじ》上人の話」から始まり、「あなた任せ」で終っている。

文政二年になった。今年もどうにかこうにか、曲りなりにも中《ちゅう》くらいの初春を、阿弥陀さまのはからいのままに迎えることができたと歓び、去年の夏五月に生まれて今年は二歳になった愛娘《まなむすめ》さとを祝福して、一人前の雑煮膳をそのまえに据えて、「這《は》へ笑へ二つになるぞけさからは」と祝ったのであったが、一茶はそれにつづけて発句十六句を添えたのち、さらに、あたかも娘の死の予兆であるかのように、鷹丸《たかまる》という少年の死を語りはじめる。

この鷹丸（高丸とも）は、菩提寺の明専寺《みようせんじ》の「あこ法師」（あこは吾子で、自分の子や目下のものを親しんで呼ぶ語）で、今年の春十一歳になったばかりである。悲劇は次のように語られる。

一月が去り、二月が過ぎて、三月も七日になった。奥信濃の空は、うららかに霞む日和となった。鷹丸は寺の役僧観了《かんりよう》という荒法師を供として、柏原から南八キロほどの荒井坂というところに出掛けたのであったが、そこを流れる樽川は、折からの飯綱颪《いいづなおろし》の雪解け水に流れが激しく滾《たぎ》っていた。

——と、鷹丸は、どうしたはずみか橋を踏みはずして、どうどうと鳴り渡る樽川に落ちてしまった。逆巻く波に巻きこまれ、「やあ、観了。たのむ、たのむ」と鷹丸は呼ぶけれど、たちまちその声は遠ざかり、その姿は見えなくなった。

あはやと村の人びと打ち群がりて、炬火《たいまつ》をかかげてあちこち捜しけるに、一里ばかり川下の岩にはさまりてありけるを、とり上げてさまざま介抱しけるに、むなしき袂《たもと》より蕗《ふき》の薹《とう》の三つ四つこぼれ出でたるを見るにつけても、いつものごとくいそいそ帰りて、家内《やうち》へのみやげの料《りよう》にとりしものならんと思ひやられて、鬼をひしぐ山人《やまうど》（木こりたち）も、皆袖をぞ絞りける。

ただちに駕《かご》にのせて、初夜過ぐるころ（午後八時頃）に寺にかつぎ入れると、父も母もかけ寄って、人目も恥じずに、よよ、よよ、とばかりに泣きもだえるのであった。

日ごろは人に無常を説く立場にいても、いざ自分の事になってみると、さすがに親子の情は強く、心のかなしみもほどけないのだ。それも無理もないことではある。朝《あした》には笑いながら家を出ていったものが、夕べにはものいわぬ屍《かばね》となって帰るという、まったく目もあてられぬさまであった。

棺《ひつぎ》の供をして野辺の送りに連なった一茶は、

思ひきや下萌《したもえ》いそぐわか草を野辺のけぶりになして見んとは　一茶

と追悼して、さらに次のような感想を綴っている。

長々《ながなが》の月日、雪の下にしのびたる蕗《ふき》、蒲公《たんぽぽ》の類《たぐい》、やをら（ようやく）春吹く風の時を得て、雪間々々をうれしげに首さしのべて、この世の明り見るや否やぽつりと摘み切らるる草の身になりなば（なったならば）、鷹丸法師の親のごとく悲しまざらめや（きっと鷹丸の両親のように歎き悲しむにちがいない）。草木国土悉皆成仏《そうもくこくどしつかいじようぶつ》とかや（仏は草木国土悉皆成仏と説いているそうである）。かれらも仏性得たるものになん（蕗や蒲公たちも鷹丸も仏性を得て成仏することであろう）。

ここにいわれる「草木国土悉皆成仏」とは、草や木や、また国土すなわち山や川や土や石などは、心（感情や意識）を持たない「非情」（無情ともいう）のもの（存在）であるが、それらは、心を持った「有情《うじよう》」すなわち人間、ひろくは一切の生きものたちと同じに、「仏性《ぶつしよう》」（仏と成りうる本性）を持っていて、それらは皆ことごとく仏と成ることができる（成仏する）という仏語で、涅槃経には「一切衆生悉有仏性」とあるが、わが国では無情のものにも適用されて、「悉皆成仏」と広義に説かれるようになったといわれる。

自然と人間とが交感しうるという自然観を古くから持つ日本人には、この大乗仏教の世界観は親しみやすく、また心情的にも理解しやすい思想といえるだろう。

## 愛娘さととその死

鷹丸の死が語られたのち、『おらが春』はしばらく継子いじめの話を中心として続けられるが、そののち一茶の筆は、継子時代の悲しみの反動のように、娘さとに、さらにはその母にやさしく向けられる。

去年《こぞ》の夏、竹植《う》うる日（五月十三日）のころ、うき節茂《ふししげ》きうき世に生れたる娘（五月四日出生）、おろかにしてものに聡《さと》かれとて（生まれつきは愚かでも利口に育つようにと）、名を「さと」とよぶ。ことし誕生日祝ふころほひより、てうちてうちあはは（ちょち、ちょち、あわわ）、天窓《おつむ》てんてん、かぶりかぶり振りながら、おなじ子どもの風車といふものを持てるを、しきりに欲しがりてむづかれば、とみにとらせけるを（さっそく買って与えたのに）、やがて（すぐに）むしゃむしゃしゃぶって捨て、露ほどの執念なく、ただちに外《ほか》の物に心うつりて、そこらにある茶碗を打ち破りつつ、それもただちに倦《あ》きて、障子のうす紙めりめりむしるに、「よくした、よくした」と褒《ほ》むれば、誠と思ひ、きゃらきゃらと笑ひて、ひた（ひたすら）むしりにむしりぬ。心のうち一点の塵もなく、名月のきらきらしく清く見ゆれば（見えるので）、迹なき俳優《わざおぎ》（比類ない名優）見るやうに、なかなか（かえって）心の皺をのばしぬ。

（中略）

かく日すがら（このように一日中）、雄鹿《おじか》の角の束《つか》の間《ま》も、手足を動かさずといふ事なくて、遊び疲れるものから（ものだから）、朝は日のたけるまで（高くのぼるまで）眠る。そのうちばかり（その間だけ）母は正月（自由で気ままに過ごせる時間）と思ひ、飯炊《めした》き、そこら掃きかたずけて、団扇《うちわ》ひらひら汗をさまして、閨《ねや》に泣声のするを目のさめる合図と定め、手かしこく（手ばやく）抱き起こして、うらの畠に尿《しと》やりて、乳房あてがへば、すはすは吸ひながら、胸板《むないた》あたりを打ちたたきて、にこにこ笑ひ顔を作るに、母は長々胎内《ながながたいない》の苦しびも、日々襁褓《むつき》の穢《きたな》らしきも、ほとほと忘れて、衣《ころも》の裏の玉（隠されて気づかなかった無上の宝）を得たるやうに、なでさすりて、一入《ひとしお》よろこぶ有様なりけらし。

蚤の迹《あと》かぞへながらに添乳《そえぢ》かな　　一茶

このような細かな観察は、深い愛情のあらわれである。幸せな一茶がここにいる。五十六、七歳にしてはじめて許された幸福な時間が、ここにはたゆたっている。微笑ましい平和な情景が、隅々にまで行き届いて描かれ、読むものの心にもほのぼのと伝わって来る。「添乳」の句もよい。

楽しみのあとに苦しみがあるのか、苦しみのあとに楽しみが来るのか。

わが国の文人大江朝綱《おおえのあさつな》は「楽シミ尽キテ悲シミ来タル、天人ノ猶五衰《なおごすい》ノ日ニ逢フ」（和漢朗詠集下・無常）という。フランスの詩人のジャック・プレベールは「歓びはいつも悲しみのあとにやってくる」（ミラボー橋）とうたっている。そして中国の『史記』には「禍福は糾《あざな》える縄の如し」（南越伝賛）と見えるが、一茶にはひと時の安らぎしか許されなかった。

文政二年（一八一九）の六月二日に、娘さとは痘瘡《とうそう》（疱瘡、また天然痘ともいう）を発病し、同じ月の二十一日には、あわれにもこの世の人ではなくなってしまうのである。一茶はこの時五十七歳であった。

楽しみ極まりて愁ひ起るは、うき世のならひなれど、いまだたのしびも半ばならざる千代の小松の、二葉《ふたば》ばかりの笑ひ盛りなる緑《みど》り子《ご》を、寝耳に水のおし来るごとき、あらあらしき痘《いも》の神（疱瘡神）に見込まれつつ、いま水膿《すいのう》のさなかなれば（発疹の水ぶくれの最中なので）、やをら（そっと）咲ける初花《はつはな》の泥雨《でいう》にしをれたるに（ぐっしょり濡れたのに）等しく、側《そば》に見る目さへ苦しげにぞありける。これも二三日経《へ》たれば（経過すると）、痘《いも》はかせぐちにて（乾きはじめて）、雪解《ゆきげ》の峡土《かいつち》（崖土）のほろほろ落つるやうに、瘡蓋《かさぶた》といふもの取れれば、祝ひはやして、桟俵法師《さんだらぼうし》（俵のふた）といふを作りて、笹湯（酒湯の転訛）浴びせる真似かたして、神（疱瘡神）は送り出《いだ》したれど、ますます弱りて、きのふよりけふは頼みすくなく（望みがすくなくなって）、終《つい》に六月二十一日の蕣《あさがお》の花と共に、此の世をしぼみぬ。母は死顔にすがりて、よよ、よよと泣くもむべなるかな（もっともなことであるよ）。この期《ご》に及んでは、行く水のふたたび帰らず、散る花の梢にもどらぬくいごと（愚痴）などとあきらめ顔しても、思い切りがたきは、恩愛《おんない》のきづななりけり。

露の世は露の世ながらさりながら　　一茶

一茶は、さとが他界する直前にも、「『所有畜類、是レ世々《せぜ》ノ親族ナリ』となん。親をしたひ、子を慈しむ情、何ぞへだてのあるべきや」として、

鹿の親笹吹く風にもどりけり
小夜しぐれなくは子のない鹿にがな
子をかくす藪の廻りや鳴く雲雀

〔注〕がな＝感動の意、であろう。

（おらが春）

という句を書いてはいるが、いまわが子を失ったという動かしがたい現実に直面して、愛娘さとへの思いは断ち難く、強く、限りなく深まったのであった。

この世は露の世であるとは知ってはいるけれど、それでもなお、「さりながら、さりながら」と繰り返しながら、一方では自分に言い聞かせようとして、しかもまた他方ではついに言い聞かせられないままに、暗瞑の深淵に悶えている一茶がここにいる。それを凡愚とも未練とも、はたまた煩悩とも笑うなら笑うがいいと、駄々をこねている年老いた一茶がここにいる。

## 愚をおもう

諦めがたい娘への悲痛な思いを吐露したのちに、一茶は、同じように子を亡くした俳人の句や歌人の歌を心に浮かぶままに並べながら、さらにつづけて中国宋代の禅の公案集である『無門関』第四十八則につけた無門禅師の頌《じゅ》（原漢文）と、それに自分の一句を引用している。これは、一茶にしては唐突でもあり、また意外でもあるように、わたくしには思えることであった。

未《いま》ダ歩《ほ》ヲ挙ゲザル時、先ヅ已《すで》ニ到ル
未ダ舌ヲ動カサザル時、先ヅ説キ了《おわ》ル
直饒《たとい》着々機先《きせん》ニ在《あ》ルモ
更ニ須《すべか》ラク向上ノ竅《きよう》有ルヲ知ルベシ

貰ふよりはやくうしなふ扇かな　　一茶

頌の大意は次のようであろうか。

まだ足を挙げないいまえに、もうすでに目的地に到着しており、まだ一言も発しないいまえに、もうすでに講話は説き終っている。たとい囲碁のようにその一着一着が、すでに相手の機先を制しているときでも、必ずその先には、さらに高い到達点があることを忘れてはならない。

これはまさしく禅の境地ではないか。「百尺ノ竿頭《かんとう》、スベカラク歩《ほ》ヲ進ムベシ」（景徳伝燈録巻十・長沙景岑《けいしん》章）であり、「道は無窮なり、悟りても行道すべし」（道元・正法眼蔵随聞記巻一）である。一茶が禅思想にどの程度の関心を寄せていたかは判らない。しかしながら、少なくとも『無門関』のなかの一則の頌を引用するだけの禅の知識は持っていた、ということだけは確かである。

ただし、ここでの一茶の真意は、『無門関』の頌よりも、「貰うより」の句の方にあるだろう。扇を貰うよりもまえにすでに失くしてしまうような、そのような凡愚な自分であるよ、そのような凡愚を凡愚のままに自分は生きてゆこう、という意味ではなかろうか。そのとき、その凡愚は、一茶が気付くか気付かないかという分別を越えて、いわば超愚となっていたかも知れない。

一茶には、高く悟りて俗にかえるという往還はなかった。ただ俗のままに生きた。ひたすら俗を生きた。ただ俗を生きるその向う側に、さらに高次の俗があることに、一茶は気付かなかったのである。

幼いさとの歿後十七日、この日は「晴小雨」であったという（八番日記）。

七月七日墓詣《はかまいり》
一念仏《ひとねぶつ》申すだけ敷く芒《すすき》哉
木啄《きつつき》のやめて聞くかよ夕木魚

さと女三十五日墓（七月二十五日）
秋風やむしりたがりし赤い花

露の玉つまんで見たる童《わらわ》哉

さと女笑顔して夢に見えけるままに（日付なし）

頬べたにあてなどしたる真瓜《まくわ》哉

（おらが春）

そっとつまんだ露の玉のようにはかなく散ってしまった娘さとの死を、一茶がどう乗り越えたかは、単純には解けそうにない。

ただ『おらが春』を見るかぎり、一茶の心が、わが娘の死を介して、「あなた任せ」というところに行き着いたようには思われる。そしてそれは、かつて『父の終焉日記』（享和元年春の日記、三十九歳）に書き刻まれた、あのおどろおどろしい怨念の浄化といえるかも知れない。

しかしそれを単純に禅の「悟り」というわけにはゆくまい。一茶の「あなた任せ」は、やはり俗のなかに育まれた土着的な、浄土教的心情であると解するのが、いまのところ穏当なのであろうか。

## 四　聖なる俗――慰めとしてのつぶやき

### 一茶とつぶやき

一茶の作品の根柢には、孤独感が影を濃く落しているように思われる。孤独者は、通常、寡黙となるが、寡黙に堪えられなくなると、無言の石に向かってでも話しかけよう、呼びかけようという衝動をいだくといわれる。それが「つぶやき」である。

出て行くぞ仲よく遊べきりぎりす　（文化八年）
なむ大悲大悲大悲の清水かな　（文化九年）
鳴くな雁どっこと同じ浮世ぞや　（文化十年）
五十二の坂を越ゆるぞやっこらさ　（文化十年）
とうふ屋が来る昼顔が咲きにけり　（文化十年）

衣替へて坐ってみてもひとりかな　（文政二年）

一茶の句が一万二千とも二万とも数えられるという事実は、「つぶやき」がおのずから句になるという特殊な才能を、一茶が持っていたからである。

たとえば「雀の子そこのけそこのけお馬が通る」は、多くの人びとに愛されている句の一つであるが、「そこのけそこのけ」という同じ語をつづけて作句している例が、――さきの「大悲大悲大悲」もそれである――かなり多く一茶の作品には見られる。そしてそれが、一茶の句の庶民的な人なつこさを覚えさせる一要因となっていることに気づかされる。

そよげそよげそよげ若竹今のうち　（文化七年）
瓜西瓜《うりすいか》ねんねんころりころり哉　（文化十三年）
落し水おさらばさらばさらば哉　（文政元年）
団栗《どんぐり》の寝ん寝んころりころり哉　（文政二年）
あんよあんよあんよや母を日傘持ち　（文政三年）
張りかぶせ張りかぶせたる団扇かな　（文政九年）

こうした一茶の「つぶやき」の句の、特に目立つ点は、擬声語や擬態語が多く用いられているということである。

## つぶやきと擬声語・擬態語

二つ以上の単語が結びついて、まったく新しい一つの語となったものを、複合語と呼ぶが、そのなかで同じ語を重ねたものを国語学では「畳語《じょうご》」と呼んでいる。たとえば「山々」とか「われわれ」とか、「恐る恐る」「こわごわ」「ざあざあ」「ふらふら」などである。

これらのなかで、「ざあざあ」のように、物の音や声などをそのまま表わしたことばを「擬声語」という。「ざわざわ」「がやがや」「しくしく」「わんわん」などである。また、「ふらふら」「にこにこ」「うろうろ」などのように、物の動きや状態などを表わすことばを「擬態語」と呼んでいる。

一茶の句には、このような擬声語・擬態語が、たとえば芭蕉や蕪村に比べて、目立って多いことは、注意されてよい。

ざぶりざぶりざぶり雨降る枯野哉　（享和三年）
ひょいひょいと痩菜《やせな》花咲く日永《ひなが》かな　（文化二年）
ゆさゆさと春が行くぞよ野べの草　（文化八年）
荻《おぎ》の葉にひらひら残る暑さかな　（文化八年）
がりがりと竹噛《かじ》りけりきりぎりす　（文化八年）

山の湯やだぶりだぶりと日の長き　（文政元年）
大螢ゆらりゆらりと通りけり　（文政二年）
むまそうな雪がふうはりふうはりと　（文政版句集）

このような繰り返し（畳語）の手法でなく、単独で擬声語・擬態語が用いられる例もある。

蕗《ふき》の葉にぽんと穴開《あ》く暑さかな　（文化十二年）
女郎花《おみなえし》あっけらこんと立てりけり　（文化十三年）
べったりと人のなる木や宮角力　（文化十四年）
にょいと立つ田舎葵《いなかあおい》もまつり哉　（文政五年）
きりきりしゃんとして咲く桔梗かな　（文政七年）
どっしりと藤も咲くなり田植唄　（文政八年）
稲妻やうっかりひょんとした貌《かお》へ　（文化十一年）
けろりくわんとして烏《からす》と柳かな　（文政版句集）

たとえば蕪村には次のような句が見え、『蕪村句集』『蕪村遺稿』（岩波文庫所収）の千四百四十八句のうちに、十七句が数えられる。

春の海終日《ひねもす》のたりのたり哉　（宝暦十二年以前）
こがらしや広野にどうと吹き起る　（明和五年）
地車《じぐるま》のとどろとひびく牡丹哉　（安永三年）
子鼠のちちよと啼くや夜半《よわ》の秋　（安永三年）
ぽきぽきと二本《ふたもと》手折《たお》る黄菊かな　（安永三年）
ばらばらとあられ降りすぐる椿かな　（安永八年）

芭蕉にも、総句数九百八十句のうちに、十二句がみえる。

ほろほろと山吹ちるか滝の音　（元禄元年）
あかあかと日は難面《つれなく》も秋の風　（元禄二年）
やすやすと出《いで》ていさよふ月の雲　（元禄四年）
［注］いさよふ＝ためらっている
ひやひやと壁をふまへて昼寝かな　（元禄七年）
むめが香にのっと日の出る山路かな　（元禄七年）
［注］のっと（俗語）＝ぬっと

どんみりと樗《おうち》や雨の花曇　（元禄七年）

［注］樗＝梅檀。どんみりと（俗語）＝どんよりと

びいと鳴く尻声悲し夜の鹿　（元禄七年）

なかんずく元禄に入ってからの句が目立ち、特に病歿する元禄七年には五句が数えられる。いわゆる「軽み」の時代であることは、注意されてよいだろう。

## 親なし雀の帰郷

つらく寂しかった子供時代を思い出して詠んだ句は、『おらが春』にながい前書をつけて見えるが、読むにあまりにも切ない。先にも引いた一節。

親のない子はどこでも知れる、爪を咥《くわ》へて門《かど》に立つ、と子どもらに唱《うた》はるるも心細く、大かたの人交はりもせずして、うらの畠に木・萱など積みたる片陰に踞《かが》まりて、長き日をくらしぬ。わが身ながらも哀れなりけり。

我と来て遊べや親のない雀　六才　弥太郎

幼年時の追憶である。いうまでもなく「我と」は「遊べや」につづく。「来て、我と遊べや、親

のない雀」である。なお、この句には「六才」とあるが、初案は文化十一年(一八一四)、五十二歳の時の「我と来てあそぶ親のない雀」(七番日記・正月の部)であり、『成美評句稿』(同年成る)には前書に「八歳の時」として、中七は「遊ぶや親の」となっている。「八歳の時」は、継母が嫁いできた年に当る。

一茶の生母くには、柏原の支村、二倉の村役人筋の(別に「二倉の庄屋」とする説もある)宮沢家の娘であったとか(岩波文庫『父の終焉日記、おらが春』所収の「一茶年譜」による)。しかしその母は、一茶が三歳のとき病歿してしまった。このときから一茶の不幸が始まる。

八歳のとき、上水打郡三水村倉井から継母はつが後妻として家に入り、一茶が十歳のときに義弟仙六が生まれてから、特に義母の異常なまでの継子いじめが激しくなったらしい。

いったい継母というものは、必ずしも継子を虐めるというわけではあるまいが、一茶の場合、なぜそうなったのか、詳しい事情は不明のようである。たとえば、実父弥五兵衛はどうしていたのか、気弱で大人しい性格だったのか、それとも農作業と馬子との兼業で暇がなく、家を留守勝ちで、幼い一茶を守ってやれなかったのか、また近隣の村人たちの同情もなかったのか、などと、疑問はいまだ残されたままである。

十五歳の春、江戸へ奉公に出た一茶は、文化七年(一八一〇)五月十日に江戸を立って帰郷した。

十年近くつづいた財産分与の履行を、義弟仙六に迫るためであった。享和元年（一八〇一）に、父は財産を兄一茶と弟仙六と折半するようにと遺言して死んでいったが、仙六親子は遺言を無視して実行せず、一茶との間はますます溝が深まるばかりであったのである。

しかし一茶を迎えたものは、義弟はじめ故郷の冷たい仕打ちであった。

十九日雨。辰の刻（午前八時頃）、柏原に入《い》る。小丸山（に）墓参。村長《むらおさ》誰かれに逢ひて、我家に入る。きのふ心の占のごとく（昨日すでに予想したとおり）、素湯《さゆ》一つとも云はざれば、そこにして（すぐさま）出る

故郷やよるも障《さわ》るも茨《ばら》の花　（七番日記・文化七年）

このような継母義弟たちの心ない仕打ちは、幼い時からの思い出から始まり、今にいたるまでの江戸での生活や放浪の苦労などとともに、人知れぬ傷痕を心に深く残していたであろうと推察される。

心に思ふことを
故郷は蠅《はえ》まで人をさしにけり　（おらが春）

文政二年の『おらが春』に見える一句である。

その後も、一茶と継母親子との対立反目は、ますます深まるばかりであった。一茶が意を決して長年の江戸生活を清算し故郷に帰住したのは、その二年後の文化九年(一八一二)十一月であった。広く知られている「是がまあつひの栖《すみか》か雪五尺」は、すでに五十歳になっていた一茶のわびしい安堵の「つぶやき」であったろう。

明くる文化十年、亡父の十三回忌に際して、明専寺住職の調停で仙六親子との和解がようやく成立し、財産を折半して、家屋敷の半分と田畑三石六斗余り、山林三ケ所を手にすることになった。親なし雀は、家の半分を義弟の仙六と住み分けて、ようやく曲がりなりにも人並みの生活が許されるようになったというわけである。

## 愚に帰る

それから十年後の文政六年(一八〇三)、――その間、文化十一年には信濃町赤川の常田久右衛門の娘きくと結婚、同じく十三年には長男千太郎が誕生するが一ヶ月も経ずに死去し、一茶は江戸日暮里の本行寺で薙髪《ちはつ》する。翌々年の文政元年に長女さと誕生、しかし翌二年にはさと病歿。三年、次男石太郎が誕生するが、翌年母の背で窒息死。文政五年には、三男金《こん》三郎が誕生するも、翌六年には、今度は妻きく発病し実家で死去し、金三郎もあとを追うようにこの世を去る、などと、連続して不幸が一茶に襲いかかっていた。

――こうした状況のなかで、文政六年の正月に六十一歳の還暦を迎えた一茶は、長文の前書を持つ歳旦吟をものしたのだった。

まず、継母に十四のとき住み慣れた家を掃き出されて、巣なし鳥の悲しい身の上となったが、辛うじて命をつなぎとめながら、苦しい月日を送っているうちに俳諧を習い覚えて、友人知人に助けられてきた、と過去をふりかえりつつ、現在の心境を吐露する。

今までにともかくも成るべき身を（今までにともかくも死んでいるはずの自分であるのに）、不思議に（思いがけず）今年六十一の春を迎へるとは、実に実《げげ》に（まさしく）盲亀《もうき》の浮木《ふぼく》に逢へるよろこびにまさりなん（仏典にいう盲目の亀が広い大海に浮かんだ木に出逢ったようなよろこびにまさる人生の希有《けう》な偶然である）。されば無能無才も、なかなか（かえって）齢《よわい》を延《のぶ》る薬になんありける。

春立つや愚の上にまた愚に帰る　（文政句帖、文政六年）

ここに見える「無能無才」の語は、「生涯のはかりごと」として風雅（俳諧）の道を選びとった芭蕉の、「つゐに無能無芸にして只この一筋につながる」（笈の小文）の文を思い出させる。

一茶の場合は、愚の上に更に愚を重ねて生きようと、年頭にあたって心を新たにするわけであろうが、他方では、その愚の意識はどれほど深いものであったか、いささか心もとなく思われないこともない。

しかしながら、ただそれが単なる言辞文飾にとどまらず、晩年に及んだ一茶が、その言葉どおりに「愚の上にまた愚に帰る」という仏教的な決意をいだき、そこに己れの精神の安定を求めようとしていることは、信じてよいのではなかろうか。

## 「不思議」という体験

一茶は子供運がなかった。一茶は親子の情に餓《かっ》えていた。その裏返しが、子供や動物や植物を見るやさしい目を育てたといえるかも知れない。『おらが春』に次のような文章が見える。

山の神の森で、栗の実を三つ拾ってきて、庭の小隅に埋めて置いたところ、つやつやと芽を出したのでよろこんでいたが、東隣で家を増築したので日射しが届かず、一尺ほどに芽生えたものの、冬になると雪に埋もれてしまった。

ようやく雪が消えたので尋ねて見ると、哀れなるかな、栗は根際《ねぎわ》よりぽきりと折れてしまっていた。それでも古根から青葉が生えたが、またしても雪に折れて、七年経ったが、花を咲かせて実を結ぶ力もなく、それでも枯れ果てもせずに、生涯一尺ほどで、ただ生きているというばかりであった。思えば自分もその通りであった。（そしてこの文章は、さらに幼少時の思い出につづいてゆく。）

我またさの通り、梅の魁《さきがけ》（長男）に生まれながら、茨《いばら》の遅生《おそば》え（義弟仙六）に地をせばめられつつ、鬼ばば山の山おろし（継母）に吹き折られ吹き折られて、晴れ晴れしき世界に芽を出す日は一日もなく、ことし五十七年、露の玉の緒（はかない命）の今まで切れざるも不思議なり。しかるに、おのれが不運を科《とが》なき草木に及ぼすことの不憫《ふびん》なりけり。

なでしこやままははは木々の日陰花　一茶

さるべき因縁ならんと（そうあるべき前世からの約束事だろうと）思えば、くるしみも平生《へいぜい》とはなりぬ（苦痛も普段と変わりなくなった）。

朝夕に覆《おい》かぶさりし目の上の
辛夷《こぶし》の花の盛り也けり　一茶

己れの不幸を宿命と受け入れて、一茶は物皆をやさしく見られるようになったのではあるまいか。

『おらが春』は、次のように結ばれる。

願はずとも仏は守り給ふべし。是《こ》れすなはち、当流の安心《あんじん》（真宗の説く究極の信心）とは申すなり。あなかしこ。

ともかくもあなた任せのとしの暮。

五十七齢　一茶

文政二年十二月二十九日

五十七歳、文政二年、といえば、娘さとが夭折している、自分も瘧《おこり》（マラリア性の熱病）を病んでいる、そのようなときである。『おらが春』が書かれた背景には、そうした身心の苦しみや悲しみがあったはずである。「ともかくも」は、決して他力の不徹底ではない。道理はどうあろうと理屈を越えて、という意味で、とにもかくにも、といった遁辞ではない。

おそらく継母への恨みも、「さるべき因縁ならんと思へば、くるしみも平生とはなりぬ」という「不思議」な体験として、一茶は受け入れられるようになったのである。「おのれが不運を咎なき草木に及ぼすことの不憫さ」を、一茶は感じとっているのである。

ここに「不思議」という語が見えるが、還暦を迎えた時にも、一茶は「今までにともかくも成るべき身を、不思議に今年六十一の春を迎えるとは」といっている。生きてあることの「不思議」さ、有り難さを、一茶は感じとっているのである。

一茶の「あなた任せ」という他力信仰の覚悟は、したがって教義上の単なる言葉として一茶の心にあるのではない。まさしくそれは宗教的体験の裏づけのある「あなた任せ」の「不思議」なのである。

改めて思えば、『おらが春』が書かれた文政二年という年は、一茶の内部に変容がなされる年でもあったと、そのようにいえるのではあるまいか。

# あとがき

兼好が「心に移りゆくよしなし事を、そこはかとなく書き」つけたという「つれづれ」は、決して退屈という名の弛緩《しかん》した「時間」ではなく、兼好自身にも思いがけない「ものぐるほし」さを招来したのであった。「兼好は、徒然なる儘《まま》に、徒然草を書いたのであって、徒然わぶるままに書いたのではない」（『無常といふ事』）とは、小林秀雄の明快なる指摘である。

いまのわたくしには、「つれづれ」、また「徒然《とぜん》」という時間はない。わたくしにとって「つれづれ」とは、たとえば死をまぢかに控えたひとがひそかに内部にいだくような急がしい老後の時間の謂《いい》であって、余生などという、あるいは第二の人生などという、余裕のある時間ではない。

そのようなたそがれの時間のなかで、思索したことのよしなき一端を書きつづけていると、あたかも露伴の『連環記』のように、さまざまな思索の環《わ》が鎖のように連なってきて、止むことがない。兼好は、おそらく、書くことがおのずからもたらす、ある種の感情の昂《たか》ぶりを、「あやしうこそものぐるほしけれ」といったのであろうが、そうであるとすれば、そこだけはわたくしの思いと重なるようである。ただ、わたくしの怪しく物狂おしいほどの感情には、思索を文字の連鎖に定着してゆく行為の「楽しさ」が含まれているだろう。このようにして成ったのが、本書である。

本書の構成とその意図について一言すれば、近世俳諧史の前・中・後の三期を代表する芭蕉・蕪村・一茶をつらねて、それぞれの個性の所在をさぐりながら、合わせて近世という時代の思想史的な変遷を跡づけてみたいと願ったのであった。

なお芭蕉については、旧著『芭蕉と生きる十二の章』(論創社、二〇〇九年刊)を併読していただければ幸甚である。

思うに、学ぶことの楽しさは、知ることの楽しさである。しかしながら、知るだけにとどまってしまっては、その楽しみは真の楽しみとはいえないであろう。知ることを考えることに発展させることが大事であろう。

考えるということは、知ったことを生かすということである。自分の実人生の第一義的な問題として、考え、疑い、問うということである。考え、疑い、問うことによって、初めてわたくしたちは、学ぶということの真の楽しさを味わうことができるのである。

孔子の言葉を借りれば、「学ビテ思ハザレバ、則チ罔《くら》シ」(『論語』為政篇)である。いくら他人の学説を学んでも、自分で思索しなければ、とても真理には到達できまい。しかし孔子はさらにつづけて、「思ヒテ学バザレバ、則チ殆《あや》フシ」と諭《さと》している。

おそらくこれは対句ではない。思索して真理に到達しても、そこに自己満足してとどまることなく、さらに高い普遍的な真理を学ぼうと努力しなければ、かえって独断的な危険に陥るというのである。禅家でいう「百尺ノ竿頭、更ニ一歩」のこころと通底して、むしろ同義であるといってよい。道元は「道は無窮なり。悟りてもなほ行道すべし」（『正法眼蔵随聞記』）と説いている。

　これを裏返していえば、学ぶとは、己れの愚痴《ぐち》を知るということであろう。学び学んで畢竟《ひっきょう》愚痴、ということであろう。ゲーテは、ファウスト博士を、深夜、書斎の机の前のひじ掛け椅子に、不安げな態度で腰掛けさせて、「ああ、おれは哲学も、／法学も医学も、／いまいましいことには、役にも立たぬ神学まで、／骨を折って、底の底まで研究した。そのあげくがこのあわれな愚かなおれだ。／以前にくらべて、ちっとも賢くなってはいない」（『ファウスト』悲劇第一部「夜」、手塚富雄訳）と独白させている。

　いまここに『俳諧つれづれの記』の筆を置きながら、わたくしは学ぶということに対して、あらためて深い畏敬の念を抱かざるをえない。

　末尾になったが、論創社社長の森下紀夫氏の御理解と、編集の松永裕衣子氏の御尽力、そして表紙およびカヴァーのデザインを引き受けて下さった大野嘉巳氏に対して、厚く感謝申し上げる。

平成二十五年十一月七日

著者

〔著者略歴〕

**大野　順一**（おおの・じゅんいち）

1930年、東京に生まれる。1957年、明治大学大学院文学研究科修了。専攻は日本文芸思想史。文学部助手、講師、助教授を経て、1971年、教授。文学科長、日本文学専攻主任（学部、大学院）など歴任。2001年、明治大学文学部教授の職を退く。

著書に、『平家物語における死と運命』（創文社）、『萩原朔太郎』（講談社）、詩集『幻化逍遥』（花神社）、句集『風吟帖』（私家版）、『死生観の誕生』（福武書店）、『詩と死と実存―日本文芸思想史研究』（角川書店、第5回茗水クラブ学術奨励賞）、『色好みの系譜―日本文芸思想史』（創文社）、『わが内なる唐木順三』（南雲堂フェニックス）、『芭蕉と生きる十二の章』（論創社）、『歴史のなかの平家物語』（論創社）など。

俳諧《はいかい》つれづれの記《き》――芭蕉・蕪村・一茶

2014年2月 1日　初版第1刷印刷
2014年2月10日　初版第1刷発行

著　者　大野　順一
発行者　森下　紀夫
発行所　論　創　社
東京都千代田区神田神保町2-23　北井ビル
tel. 03(3264)5254　fax. 03(3264)5232
http://www.ronso.co.jp/
振替口座 00160-1-155266

印刷・製本　中央精版印刷

ISBN978-4-8460-1294-6　C0095　